U0018600

我聽見雨聲

王丹

【代序】

憂鬱的藍．璀璨的金．豔麗的紅

陳德瑜

星期四下午的台北車站捷運站，人潮依舊熙來攘往，一個頭戴米色帽子，身穿印有「HARVARD UNIVERSITY」字樣的T恤和牛仔褲的人，走進了幾乎滿座的咖啡店，筆者看著這個年輕的背影，正在猶豫「他」是否正是我在等的人，唯有冒昧的走上前問了一句：「你是王丹嗎？」這個男子笑了，並用純正的北京腔回答：「我是。」

王丹——的確是一個值得驕傲的名字。

眼前的王丹，雖然正在世界著名學府美國哈佛大學歷史系攻讀博士學位，但絲毫沒有名校生的傲氣和架子。相比起十五年前天安門廣場上，那個架起大眼鏡、穿著襯衫的王丹，現在的他反而顯得年輕極了，大概很難想像在那一張長不大的臉背後，過去十五年一直背負著中國近代史上最悲壯的民主運動。

八九・六四——

「天黑了，路無法延續到黎明」——《沒有煙抽的日子》

在時代的巨輪下，令當年年僅二十一歲，還就讀於北京大學歷史系一年級的王丹，站上天安門廣場領導那一場舉世矚目的學生運動。十五年過去了，當年曾經走上街頭，慷慨激昂的學運領袖，淡淡然喝著STARBUCKS的咖啡，回首這一段影響他至深的歷史事件。

王丹是當年少數在六四前就在大學推動校園民主運動的人，其他學生早就對這個充滿熱情爭取民主的小伙子有所印象，加上當時王丹是最先走出來，矢言要爭取民主和改革的學生，就是那一份經驗和勇氣，令王丹捲入了這一場學運風暴之中：被全國通緝，兩度身陷囹圄，被流放美國，歸鄉無期。他亦坦言，自己在一個和平的環境長大，基於當時對政府的信任，所以家人朋友都支持他加入學生運動的決定，只是他們都未有想過，學生運動會演變成血腥鎮壓，以致後來發生在王丹身上的一切。

王丹直言，八九民運本身是有意義和美好的，八〇年代大陸學生對政治的熱情達到最高點，年輕人都表現出對政治的關心和對國家前途的關切，他對中國曾經有過一段學生積極爭取民主的歷史感到欣慰。但無可否認，八九民運後期發展出乎大家意料之外，那是王丹也始料不及的，他總結過去：「六・四，是遺憾、是悲哀、是沉痛。」

遺憾，是當年中國政府並無把握機會推動政治改革，否則今天的中國定必有另一番新景象；悲哀，是中國當年丟了一個邁向民主的好機會；沉痛，是為六・四事件中為民主獻出了寶貴生命的學生和市民，對於當日民眾的犧牲，今天的王丹只能無奈地說：「那永遠是我心中的一塊痛。」

「手裡沒有煙那就劃一根火柴，去抽你的無奈」——《沒有煙抽的日子》

面對這一宗縈繞了自己十多年的悲劇，王丹是第一個公開承認學運組織責任的學生領袖：「如果我當時更成熟，便可把事情做得更好。」畢竟當年站上天安門廣場領導大眾爭取民主的，都只是一群二十出頭的學生，他們既無政治經歷，亦無領導大型學生運動的經驗。八九民運剛開始時只是學界單純爭取民主的學生運動，但後來各界一呼百應，社會上各階層的人士陸續加入在天安門的抗爭，漸漸就演變成一場政治運動。「當時我們都太年輕，分不清政治運動跟學生運動。我們都用了辦學生運動那種比較激進、誓不妥協的態度去搞政治運動，而導致後來的武力鎮壓。」今日坐在咖啡店的王丹仔細分析十五年前的一切，他始終認爲，學運組織要對六．四的死難者負上部分責任，王丹亦相信，若非當日不太成熟的決定，也許不會演變出六．四事件。

無疑地，六．四對中國、對王丹而言，都有不可言喻的意義。「八九民運是悲劇，它用血洗亮了中國人的眼睛。對於信任政府的上一代，是個非常大的精神撞擊。」王丹指出，九〇年代以後，人民開始不信任政府，但這反而是好事，中國開始走到公民社會的開端，人民願意監督和制衡政府。「六．四對我……那當然改變了我的一生，我本來就熱衷於推動校園民主運動，八九民運以後，我沒有選擇，只好走下去。」

六．四之後——

「你們似乎不太喜歡沒有藍色的鴿子飛翔」——《沒有煙抽的日子》

王丹的青春歲月，幾乎都在牢獄中、監視下度過。當年二十一歲的他，在六．四鎮壓後就被列爲全國頭號通緝犯，不到一個月就被捕，判刑四年，九三年獲假釋後亦被中國當局做二十四小時全天候監視，九五年他再因「公民上書運動」被捕，其後被重判十一年徒刑，直至九八年獲准保外就醫赴美，屈指一算，過去十五年，王丹有近十年時間是在沒有自由的情況下度過的，難道他心中沒有一絲後悔當年的選擇嗎？

王丹很快就吐出答案了：「不能說沒有後悔，如果不是在監獄裡，我也許有更多新發展。」但就在那一瞬間，王丹似乎要推翻他剛剛的答案：「其實我也沒有完全後悔，我的確從中得到更多東西。不過如果生命可以再重來一次，我眞的不能確定我是否還有那樣的勇氣站出來。」

經歷過被通緝、監視、坐牢、被流放，王丹的人生彷彿都濃縮在那短短的十年間。黃金歲月流走了，三十五歲的他，常常說：「我已經變成老人了。」也許就是因爲閱歷無數，現在的王丹有一個不太明亮的人生觀：凡事不要爲自己定太高的目標，達到了，就尚有進步的空間；做不到，也不會像年輕時感到氣餒沮喪。反正此時此刻的他，最想過的是「流浪漢」的生活，他想去一趟豐裕的旅行，不用擔心金錢，好好享受世界，至於這個願望何時可以實現，他開玩笑說：「時間有了，只是錢不夠。」

香港，雖然是王丹從未涉足的地方，但他卻對這顆東方之珠充滿無法表述的感情，雖然數次都被拒於香港門外，但一向堅持到底的王丹說：「我一定會繼續嘗試，一直到可以進去爲止。」其實他爲的，只是想當面向曾經支持民主運動的港人親自道謝。去年七．一，五十萬人大遊行，亦深深感動了王丹，他認爲香港是個品嘗過自由滋味的地方，當人民的自由漸漸被剝削時，就會激起社會中更大的反彈，這五十萬人民的力量可鼓勵中國大陸的民主運動；內地的民主運動正是需要更大的力量去推動，才可有所發展。

「我的思念一條條鋪在，那個灰色小鎮的街頭」——《沒有煙抽的日子》

現在無根的異鄉人，卻得到渴望已久的自由，除了中國國土以外，王丹什麼地方都可以去，北京、波士頓、台北，對他來說，差別都不大；家，早在六年前被流放到美國時，就在王丹的背上了。他曾表示其實流亡不一定是悲慘的，縱然流亡海外，卻得到了難能可貴的自由。但家畢竟是家，那應該是異鄉人落葉歸根的地方，雖然王丹也不知道什麼時候可以再踏足北京，但若有機會回去，他第一個最想到的地方是當年爭取民主的根據地——天安門廣場：「我要去那裡憑弔及獻花給六．四的死難者。」那一刻的空氣彷彿凝住了，並滲出淡淡的哀傷感，對王丹來說，這個可能是遙不可及的願望，歸國無期的他，只可每年在十萬八千里外的美國默默悼念當年的受難者。

很多人覺得王丹的人生就如一齣悲劇，畢竟在三十五載的歲月中經歷太多，但王丹卻對此不以爲然，面對過去發生在自己身上的一切，他開懷地笑道：「我若不是經歷過那些挫折和苦難，就無法在人生低潮中感受到人間的絲絲溫暖，體驗眞情。那一定是我前生修來的福氣呀！」

在王丹身上，六．四的光環掩蓋了一切，十五年來從未曾卸下，王丹這個名字已經與沉重的歷史名詞——「六．四」畫上等號，但他現在不再在乎外界的批評與看法，灑脫地過著愉快的學生生活，閒來寫稿作詩，活得逍遙自在。你不會在他身上看到受苦難折磨的痕跡，亦找不到歲月在他身上留下的滄桑感，也許王丹的黃金歲月，現在才剛剛開始。

憂鬱的藍色，代表了王丹過去的歲月；

璀璨的金色，是王丹爭取民主的青春印記；

豔麗的紅色，代表了八九民運爭取民主的集體回憶；

今時今日已閱歷無數的他，想了很久才想出自己現在的人生應是平淡純樸的白色，他內心平靜，每一天都享受著與世無爭、自由自在的生活。

王丹的人生早已抹去了七彩繽紛的顏色，他現在追求一種平靜自由的生活，但唯有那種豔麗的紅色，他一定無法捨去，因爲那是王丹與所有中國人的集體回憶。

原載《新報人》第三十五卷第四期海外版

003 【代序】憂鬱的藍。璀璨的金。艷麗的紅—陳德瑜

卷一 孤獨的雨聲

016 那一道閘門
018 有風之夜
020 兩個世界
022 疲倦
024 關於失敗
026 冬天的告別
028 平淡
030 風聲讓我懷舊
032 我聽見花兒在哭泣
034 懷念外祖父
037 我心中的神主牌

卷二 旅行的雨聲

040 碼頭
042 野營散記
044 冬季到台北來看雨
047 秋賦一章
049 幻想沒有到過的地方
051 機上四章
054 做一個旅行者
057 那些衰老的臉
059 一座偉大的城市
062 極樂世界
064 藍調的歷史
066 high的時候
068 我想大約在冬季

卷三 思念的雨聲

072 傷了
074 一生只見一次
076 矛盾
078 與失戀專家的網遇
080 平靜
082 美國小子Kevin
084 愛滋男孩
086 深夜的一個電話
088 那一天
090 關於心理諮詢
092 作為過程的愛情
094 偶然相逢的你
096 歲月四則
102 臨風十問
119 夢

卷四 生命的雨聲

124 生命與愛情的極致
132 革命者的悲劇
138 重溫「春光乍洩」
140 在生命與記憶的戰場裡殺進殺出
143 文藝青年
146 海邊的卡夫卡
149 酒與文人
151 羅大佑到周杰倫
154 風繼續吹
157 關於黃國俊的感想
160 那一片潔白的羽毛
162 犯錯誤的自由
164 文化戰爭語錄
167 【附錄】發掘王丹——蔣品超

卷一

孤獨的雨聲

在我孤獨的探索之旅裡，我沒有任何的同遊者……

那一道閘門

多年不見的大學同窗從國內來看我，不經意間卻爲我打開了一道閘門。

記得在監獄裡的時候，對北大，對同學朋友，有著最爲深切的思念。曾有多次，在夢裡回歸校園，宿舍樓的燈光竟一如往昔般的闌珊。這種思念是耗費心神的，它常常令我忽然恍惚，忘記了周遭與時間的存在。

所以到了美國以後，我開始有意識地壓抑這種思念。一方面是因爲生活與學習以及社會活動的壓力太重，我不敢爲少年一般的情懷分神；另一方面也是因爲我知道面對一個新環境，我必須學會適應，而不能固守在對舊日溫情的留戀裡不圖進取。一晃將近五年了，我才體會到有意的壓制是可以多麼地成功。因爲我現在雖然仍有濃厚的懷舊情緒和無法擺脫的北大情結，然而那種一經念及便怦然心動，一經回想便神思飄忽的情況卻眞的越來越少了。我在心裡已經悄悄地建築起了一座堤壩，把情感的洪流阻擋在了閘門之內。

但是，心的堤防眞是弱不堪擊，一觸即潰。當曾與我一起親歷見證了我的大學時光的同窗又出現在眼前，當一段段往事——有的已經徹底忘記了——在把酒長談中重又浮現之時，一切心防旬然崩解，所有的懷念又重新釋放出來。我固然可以依舊不動聲色，用痛飲和大聲說笑掩飾一份莫名的酸楚，但所謂「冷暖自知」，我知道我又回到了從前。我也依舊可以平靜地向同窗道別，但在送走他回家的路上，致命的恍惚重新出現，所有自以爲已經淡漠的關於大學時光的回憶重新鮮活起來，像是在濃霧中走近的行人，一步步地逐漸輪廓清晰。

那一道閘門一經打開，記憶以及依附在記憶之上的情感便如洪水般流瀉。我盲目地行駛在空無一人的街上，收音機裡播放的是 hip-hop，但心裡卻充滿了民謠一般的旋律。這樣迷迷糊糊地開車回家裡，我已是筋疲力盡。

有風之夜

又是一個有風之夜。

我躺在床上，被百葉窗切碎的樹影覆蓋一身，剛剛的睡意蕩然無存。已經不是第一次了，每當深夜之際，風聲響起，哪怕是在夢中，我也會驀然醒來，像是與風有所約定，我總是在有風之夜難以入眠。

每一個特殊的情境都應當來自於記憶，在我們內心深處很多人與事已音容杳然，需要某些情境的復原，才可以讓躁動的記憶反璞歸眞，逐漸浮現。而這時，我總是會心下惻然：試想，如果沒有今夜的風，我會再次面對那些生活中至爲珍貴的痕跡嗎？有風之夜是偶然的，而淡漠與遺忘是必然的，我們在某種程度上講，是掙扎在偶然與必然之間。而每當偶然發生時，就會因必然而悵然若失，這就是我無法入眠的原因所在吧？

索性就這樣睜著眼睛躺在床上，黑暗中用目光構造那些風中的舊事。此時，人的心情又介乎在悲喜之間，而夢與現實也就失去了區分的意義。我總是會用目光鎖定屋角一絲月光打在地板上的反光，那毫無特色而空虛廣漠的光亮此時卻如包羅萬象的鏡框，雖然一片空白，但內涵豐富，讓我可以在白與黑的組成中持久地凝注自己的目光。而聽力於此時正失去功能，只有風聲代表了所有的外界，其強弱的節奏竟左右了我的呼吸。彷彿自己成了床上的瑜伽高手，在有風的夜裡調息靜修，又好像一種無助的企圖，嘗試驅轉自己走向風與夜的世界，然後化身其中，去追尋一些與身體無關的東西：或者有情於其中，或者無情於形外。

有風之夜，因此而使失眠成爲幸福，我像一個貪圖甜點的孩子，在這樣的時空下徘徊不去。

兩個世界

我們生活的這個世界是由兩部分組成的——至少我這麼認爲。一部分是眞實的世界，是我們生存的環境，周圍的人與事；另一部分是虛構的世界，是我們的想像等心理活動。缺了哪一部分，我們的世界都不會完整。

我有這個想法，是源自那天在地鐵裡回家，看到車上一幅哈佛大學的招生廣告：整幅畫面是哈佛主校園內的紀念堂，高聳的立柱下幾名學生在安靜地讀書。那座紀念堂我幾乎每天經過，我自己也曾在紀念堂的台階上讀書。然而不知爲什麼，我卻老覺得廣告上的紀念堂與我自己印象中的紀念堂有一些不同；而且因了這些不同，顯得更爲幽雅古樸。

後來我試著以一個從未來過哈佛的人的眼光再看這幅廣告，才恍然發現不同在哪裡。作爲每天路過紀念堂的人，我對紀念堂的印象來自實物，因而沒有想像的空間；而對於那些從未來過哈佛的人，面對廣告上的圖像，他只有透過想像才可能把圖像在腦海中還原成現實。正是這種想像，使廣告中的紀念堂看起來比我印象中更爲誘人。

設想我是外地遊客，我會想像在濃蔭密布的夏日，紀念堂四周蟬聲如織——儘管事實上整個哈佛校園內聽不到蟬聲。我是多麼地渴望在美國聽到蟬聲啊，僅僅是想像一下也可以讓我有精神上的安頓。於是我想像自己在那樣的蟬聲中，悠閒地盤膝坐在紀念堂的台階上，偶爾有人從眼前的小路上走過的時候，會帶過一絲微風。紀念堂四周的花架上五色繽紛，亂人眼目，卻又在無序的美麗中突顯出一種端莊的儀態。僅僅是如此這般地想像一番，已經可以讓我對哈佛充滿嚮往了。

如果沒有實在的世界——沒有紀念堂那幢建築，我們成天只能空中樓閣一般構建自己的想像，那樣的世界一定蒼白無趣；同樣，如果沒有人憑想像去觀看紀念堂，它也只不過是一堆建築材料而已。只有兩個世界結合在一起，我們才擁有生活。

疲倦

每一個人都曾有過疲倦的感覺，我也不例外。有的時候眞的感覺很累：在忙碌了一天之後，天已經完全黑下來，站在窗前，看遠處都市的萬家燈火，那種疲倦感會一時控制住整個身心。只想找一個地方坐下來，最好還可以靠在什麼地方，就那麼靜靜地待著，一動也不動。

疲倦如影隨形地陪伴我們的一生：在我們鬥志昂揚之後，它會悄悄地出現，給我們逐漸鬆弛的神經找一個藉口；在我們黯然失落的時候，它會恰如其分地守在身旁，製造一個與心情相得益彰的氣氛；而當我們迷惘於生命歷程的十字路口時，它會無情地揭露事實的眞相。疲倦既無法逃避，也不必逃避，它是我們生命中的一部分，隨年齡的增長而日益茂盛。

我曾見過最被認爲精力充沛的人，他似乎可以永遠處於亢奮狀態，他可以連續幾天只睡幾個小時，在大小會議間穿梭不息。他的活力像夏日的驕陽，烤得我兀自疲倦。然而有一次，在偶然的機會，我瞥見他一個人坐在走廊裡，頭靠在牆壁上，雙眼緊閉，眉頭深鎖。我彷彿重新認識了一個人，原來他也可以如此疲倦！可見疲倦本是一種常態，刻意的掩飾只能是一種失敗，還捎帶付出無處尋找眞實的自我的代價。

我必須承認我現在愈來愈經常地感到疲倦，克服疲倦也因此成了一種迫不得已的選擇。這種掙扎愈積愈多，經常會促使我在心底深處自問：人可以以疲倦作爲應付的代價去追求一些外在的東西嗎？當我四肢舒展，卻不是感受愜意，而是更添疲倦時，難道不代表活的方式出了一些什麼問題嗎？當疲倦佔據閒暇的時間以後，難道我們不應當重新審視自己的生存方式嗎？

疲倦因此而成了思考的觸媒，它雖然出現於無形之中，卻眞實而深切地打動我的心情，在我最爲疲倦的時刻，我最爲清醒。

關於失敗

失敗也可以是一種享受，尤其當一個人的一生過於順遂的時候。那時，失敗的經歷就如同到未開化地區的旅行經驗，我們終於可以挖掘生命的另類面相，從而藉以建構一個完整的自我。至少，當他從中美洲的地方打電話給我哭訴時，我就會這麼想。

沒有見過比他更幸運的人：家庭富裕但不失書香門第的傳統，父母開通到對他沒有什麼要求的地步，因爲個性溫和且面容清秀而廣爲受人寵愛，本科台大研究生讀美國耶魯現在在英國劍橋讀博士……。我有時會驚訝他這樣的人怎麼會有「悲哀」這個詞的概念。他太順遂了，順遂得連他自己想一想都有些惶惑。

可是他卻徹底地失敗過。他喜歡的那個人條件一般，他自己也說不出爲什麼會有感覺。可是由於就這樣莫名其妙地愛上了，他才發現暫時拋棄任何理性的行爲方式的大快樂。他盡了一切努力去取悅對方：體貼、殷勤、有分寸、知所進退……。他的表現恰如其分，他以爲所有人都無可挑剔，然而，對方竟無動於衷。

在聽到那個人直接說出：「請你以後別煩我。」這句話時，他整個人彷彿被冰凍了一樣。這個從沒有失敗過的人，在失敗面前一時不知所措。

我直言相告，我以爲他應當感謝生命中的這段慘敗經歷。因爲一個只有陽光與勝利的世界太陽性了，我們需要失敗，以及由失敗引發的痛苦、麻木和茫然作爲一種補充。在這種陰性心情的補充下，世界才可以得以完整呈現。所謂「陰陽生太極」而已。我已經忘了聆聽一番這種「胡言亂語」之後他的反應了。

但是，以後再也沒有了他的電話。我很欣慰，因爲我知道他終於面對了人生最不可迴避的一關——失敗。

冬天的告別

已經是初春季節的三月三十一日的波士頓，在我早上睡醒的時候給了我一份驚嘆：窗外竟紛紛揚揚地飄起了雪花！要知道，前兩天此地已是七十度華氏高溫，很多人都換上了夏裝了。

我驚嘆，是因爲這場春雪給我的感覺，彷彿是冬天在以特別的方式向我告別。它要用雪的飄舞讓我記住冬天最美的映像。

現在大家都愈來愈忙，不會再有人去把握季節交替的步伐了。所以當我們忽然看到落葉時，才驚覺夏天已經不再；而落葉還堆在院落的一角，第一場雪就已經漫天而至了。於是我們才注意到日曆——再翻一頁居然就進入十二月了。而讓我回過頭去細數從十二月到今天的四個月，已不可能一一復原，只記得一場接一場的雪，讓我整整一個冬天也沒有洗車。白色的新雪覆蓋在灰色的舊雪上，如同生活的軌跡層層疊疊地交錯。有過冰天雪地裡凍結的詛咒，也有湛藍的天空下一抹寫在眾人臉上的笑容，一個既熟悉又陌生的冬天就這樣悄悄滑過了。

終於，冬天要走了。這最後一場雪彷彿是它的背影：多麼親切，多麼令人留戀。我想我本質上是冰河時代的來客，我喜歡在寒冷的環境下讓心情保持一種凜冽的狀態，我也不在乎風雪給生活帶來的不便。我有時覺得其他三個季節都有些程度不同的圓滑，在那樣的日子裡歲月會顯得模糊不清。因此在冬天裡我格外珍視時間，每一天都深切眷戀刺骨的寒冷中那份眞實。今年連綿的風雪一度讓我以爲冬天不會結束了，這讓我多少有些竊喜。

然而，今天冬天向我告別了。我覺得是我站在原地，目視它向前行進。它轉身探手，擺成雪花的姿態，剩下我一個人面對正等得不耐煩的春天。

平淡

週末。秋日的午後。陽光灑滿臥室，但窗外寒風呼嘯，室內的溫馨與室外的肅殺形成並不協調的對比。

我倚靠在床頭，讀一篇小說。寫一個人的愛情故事：十幾年的戀愛史，從初戀到離婚，又回到初戀的人身邊，然後情人去世。小說的結尾，主人翁默默地在街上走，忽然有落葉掉到頭上，她卻渾然不覺。故事也收尾在秋天，正適合我現在的閱讀環境。

我喜歡這樣的小說。它貌似平淡地將一個女子的半輩子生活娓娓道來，沒有任何大起大落，也沒有什麼懸念，一個完全平淡的故事和一個同樣平淡的主人翁。可是，生活難道不就是如此平淡嗎？

我們當然都嚮往鐵馬金戈、氣壯山河的年代，可是多半會領悟到這種嚮往的虛幻。假設每個人的生活都如此大開大闔，眞不知道我們這個世界會混亂成什麼樣。生活基本上可以梳理出一個秩序，就是因爲它的底色素雅，就是因爲它的基本成分是平淡。

那天一個朋友問我，如果有一天媒體已經完全忘記了你的存在，你會不會很失落？我想了很久，才有勇氣說「不會」——因爲別人很難相信。可是有什麼不好相信的呢？只有經歷了浮華世界與塵世喧囂的人才知道平淡的重量。假如一個人眞的可以內心愉悅地平淡終生，這應當是人生的最大收穫吧？所以，也許我已不可能重新勾勒人生，但至少在未來，還存在回憶平淡的可能，這也多少算是一種精神慰藉吧？

這就是我現在的環境。一個完全沒有特色的下午，我也想不出除了躺在床上看看小說之外，還能有什麼激動人心的活動。我就這樣無可奈何地打發時間，讓自己在小說的虛構世界裡不平淡一番。然而，在這樣典型的平淡的下午，我卻深深地有一種感動與滿足。別問我爲什麼。

風聲讓我懷舊

我平生出的第一本詩集（在香港田園書屋）的名字叫《聽風隨筆》，因爲詩集中很多作品是我在風聲中寫下的。

風聲讓我懷舊。這也許是那席捲天籟的氣勢壓抑住了現實空間的輪廓，留下的空白只能讓回憶去塡充。當我們忘記了今天的時候，我們才有可能回到從前。這也可能是因爲無論是風，還是聲音，都是無限空虛的東西，我們既然抓不住任何實在的內容，心靈才得以徹底自由，於是可以在風聲中任意放縱自己。

風聲可以懷舊，所以我會長久地在風聲中沉默。這並不代表我暫時性地停頓感受這個世界，而是以另一種方式面對外界。風聲似乎提供了另類的媒質，透過它我們從另一個側面切入內心，切入世界；更重要的是，切入內心與世界交流的管道。每當大風颳起的時候，我總是思緒萬千但無以表達，偶有勤奮的瞬間才可以成就一首小詩或一篇散文，在無聲的世界裡，只有無聲的文字可以站在我這一邊。

風聲可以讓我懷舊，讓我想起那些不容易想起的曾經熟悉的往事，以及太久沒有重溫過的內心的觸動。還有一首老歌及舒緩的旋律，失聯很久的朋友的臉，潮水一般的遺憾和由此而生的落寞，還有很多。

由此我喜歡風起的日子。最好是深夜而依然清醒的背景，也不要任何燈光。以黑暗爲畫布風聲爲筆，我可以在空氣裡一筆一筆地素描出一份心情。這幅畫筆畫清晰，但意象則若隱若現。於是我順線索而入，尋找畫中的意義。沒有路標，也沒有光明，只有我一個人的腳步聲在空谷中迴響，在我孤獨的探索之旅裡，我沒有任何的同遊者，身邊只有無邊無際的風聲。

我聽見花兒在哭泣

也許是因爲即使是在深夜，台北的酷熱也仍然餘威猶在吧？難以入眠的我，很想自己是輾轉在一個寒冷的冬夜。與大多數人一樣，當我感受到現實的粗礪時，想像就如同一面自動開啓的盾牌，橫擋在兩個世界之間，於是我藉想像之翼，正遁入另一個世界。

在那樣的世界裡，我卸下面具，並且放鬆表情，讓自己不要看上去永遠堅強。把粗大的神經重新纖細化，去感受身邊一些至爲細膩的事物。就像是在這個不眠之夜，我檢視白天沒有發現的傷口，一點一滴的痛逐漸呈現，在黑暗中積聚成冰涼的水氣；我彷彿可以探身觸摸到一張臉孔，那應當是我自己，疲憊而且呆滯。我會想像自己又回到已經遠去的童年，凌晨五點鐘爬起來去跑步，寒冬的殘月清亮純淨，偶爾有自行車駛過的空曠街道上，一個瘦小的身影快速掠過。

在那樣的世界裡，我忽然聽見花兒在哭泣。我聽見歲月的腳步，模糊不可辨別，但從遠方一步步逼近。我聽見那朵哭泣的花兒，緩緩合攏青色的花蕊，金黃的花粉飄落蓮池的聲音。我還聽見，夜色輕輕叩擊大地，牆上的掛毯有節奏地予以回應。這些聲音，白天淹沒在喧囂的海洋裡，或是被各種交通工具壓在泥土中，只有當想像的力量吹起號角，它們才會紛紛地呈現，沉默而且內斂。

窗外的世界已經入睡，連鼾聲都散發著餘溫。我卻大睜著雙眼，展開新的觸覺與視覺之旅。這是沒有方向的旅行，我只想在途中一路不停地走。

懷念外祖父

也許，在這個世界上，是有什麼東西冥冥中把親人聯繫在一起。三月份我應邀到台大國發所爲博士論文蒐集材料。三十日那天突然感覺劇烈腹痛，被救護車送進台大醫院，醫生診斷是盲腸炎。我一向身體不錯，一年也去不了一次醫院，這一次突然病得如此嚴重，心裡頗有一些不安。三十一日打電話回北京給家裡，一天都沒有人接電話，我已經知道不妙，趕緊打我姐姐的手機，才知道，就在我突病的那一天的凌晨，外祖父在老家山東荷澤因長期肺心病久治不癒去世了，終年八十九歲。

外祖父王永瑞生於一九一六年，就讀荷澤省立高中時抗戰爆發，隨學校轉入大後方四川，以後考入四川大學歷史系。一九四五年畢業後開始在中學教歷史，先後任教在山東荷澤一中和巨野一中一直到退休，可說是終生執教鞭，桃李滿天下。媽媽是他的長女，也是他班上的學生，可能受他影響，以後上了北京大學歷史系。現在我在哈佛大學，又是歷史系。我們家三代學歷史，就是從外祖父開始的。

我父母高中畢業後雙雙考上北大，我出生在北京。但是從很小的時候起，幾乎每年我們全家都會回老家住一段時間，一般都住在外祖父家裡。他愛喝羊奶，專門養了一頭羊，我現在閉上眼睛，還彷彿可以看到童年的自己，跟在外祖父身後去地裡餵羊，那一老一少在夕陽下的身影。他退休以後仍然嗜讀歷史書刊，還喜歡向身邊的孫輩講歷史故事。他有一張跟了他一輩子的竹躺椅，我對他最深的印象，就是在農家小院裡，面對一院他種的花花草草，聽他一邊講古論今，一邊「啪啪」地用扇子撲打蚊子。

說實話，一直到上大學，我對外祖父都還是比較陌生的，畢竟一年只見一次。一九八九年我因爲參加學運入獄，以後到一九九五年二次入獄，我們祖孫的感情才在患難中眞正濃厚起來。尤其是我在遼寧錦州坐牢時，外祖父爲了讓我不寂寞，頻繁地給我寫信，回憶他自己的一生，說是讓我幫他整理成回憶錄。爲此我們大概書信往還了幾十封，從中我不僅了解了很多過去不知道的關於外祖父年輕時的故事，更重要的是，在信中感受到他對我的深切關愛。外祖父並不熱衷政治，但他相信自己的外孫沒有做壞事，而且以我為榮。

一九九八年我到了美國之後，我們的聯繫相應減少，偶爾通電話的時候，我可以愈來愈感覺到他渴望還能見到我的心情。今年年初的時候，他的身體還算不錯，在電話中他還說有決心再活十年，一定要等到我回來。在電話的這邊，我雖然嘴上表示這當然沒有問題，但淚水已經模糊了眼眶，我知道，其實他的時間不多了。我多麼想能在他身邊陪他聊聊天，因爲我知道他會爲之無比快樂。我也多麼想完成他的回憶錄，了卻他一樁心事。然而，祖國的大門對我是關閉的，它無情地摧毀了一個遲暮老人想見到自己唯一的外孫的願望。外祖父，他終於還是沒有等到我回來，他留給我的，只是最後一次通電話的聲音。

外祖父最喜歡種花，他晚年最大的理想就是陪伴滿院的花草。他去世後，媽媽和兩個舅舅捧著他的骨灰回到那個已經凋敗的小院，想必他在天上也會滿意了。而現在，我的心願是，留住那個小院，等到我能夠回國的那一天，我還要回來這個小院，我相信他會在那裡等我，一定的。

我心中的神主牌

近日看北京出的《三聯生活周刊》，得知故宮將進行「百年來規模最大」的翻修，據說要花好幾個億，資金規模不會小於對布達拉宮的整修，看了這條新聞，很有些無奈。

北京近幾年據說是大變樣了，我相信如果我可以回去，一定有面目全非之感。心下想著至少有故宮，可以讓我找回一些從童年到少年，再到青年的記憶。可是，一個翻新了之後的故宮——即使「翻新如舊」，還會是我夢中有時可以重遊的那個故宮嗎？

記得上高中一、二年級的時候，功課還沒有那麼緊張。每週總有兩、三天，我會在下午三點下課以後，坐車一個人去故宮。那是我一生中最爲珍視的記憶：在黃昏半明半暗的陽光下，雜草叢生，碎磚零亂。一個少年目光渙散，漫無目的地在深庭後院閒逛。讓自己暫時回到對歷史的想像，因爲只是想像而分外輕鬆。於是讓自己在午後沉醉，鴿哨聲穿越藍天落到紅牆之上。我有時會很恍然，忘記了自己是在哪裡。

在慘綠的年代，心中的神主牌便是在下午的故宮中那種模糊的想像。想像從古詩詞中浸染來的畫面：西風、古道、長衫、落日；也想像曾經是盛世見證的廣大宮殿群，忽然在一夜之間歸於落寞，沒有宮女，也沒有燭火，繁榮竟只是曇花一現。於是我就會很滿足於當下的感受。那感受，就如同吸大麻——雖然我沒有試過，但也是可以想像的——自我沉浸，自我感動，現實漸行漸遠，情感的面目卻越來越近……

高中兩年，我自以爲是在幾個地方長大的：母親工作的革命博物館的書庫，四十一中的教室，和黃昏時的故宮。至今，當我想重溫一下少年時，我仍需要首先重溫這幾幅場景。

現在，故宮要舊貌換新顏了。我只有無奈：我無法以個人之力挽留都市變遷的腳步，只有目睹自己心中的神主牌，無聲地一個個倒下。

卷二

旅行的雨聲

因一場冬雨，我卻忽然失去了異鄉人的感覺……

碼頭

我想我前生一定是個漁民，因爲我太喜歡黃昏時的碼頭。

那種在空氣中飄浮著一絲絲腥味，那種海風黏黏地包裹住身體，那種到處濕濕一片，那種四周忙忙碌碌的碼頭，我印象深刻的是兩處：一是廣西北海，一是台灣的淡水。

無論是看海，還是看歸帆，在一般的風景觀賞區當然會更賞心悅目，在刻意設計的園林空間下也更浪漫。然而，碼頭的好處是更生活化，也更眞實。記得在北海小住的時候，我常常會在晚飯後到附近的碼頭閒逛，各種氣味和嘈雜的聲浪充斥在空氣中，我卻更感到內心的寧靜。曾有人描寫鬧市中的孤獨，所反映的襯托心理可能正符合我那時的心境。那是一種因充實而產生的溫馨，因溫馨而導致的放鬆。我說我前生一定是個漁民，是因爲在這樣的碼頭閒逛，我會忽然有一種回家的感覺，儘管我的家本來是在繁華的都市，我也從未在漁村或者碼頭，甚至從未在海邊居住超過一個月。

然而，回家的感覺卻是實在的，它不一定那麼清晰，也不起因於什麼具體事物，只是那種模糊的氛圍讓我舒適，像嬰兒對子宮的回味。在碼頭的黃昏時光，海面開始逐漸暗淡，巨大的昏暗逐漸從天上壓下來，漁火則次第浮現。面對浩瀚不可測的海洋，碼頭上的喧嚷、忙碌更顯得堅實、可以倚靠。我假設自己是個漁夫，收帆入港的瞬間，一定會充滿溫暖與感激。對漁夫來講，家的意義會比都市的白領們更爲豐富，也更爲深邃。

在台北，乘捷運至終點站下車，就是淡水河邊，這裡是淡水河的入海口，視野所及，河面由窄入寬，終至水天一色。我喜歡在這裡看太陽落入海面，然後在河邊的淡水小鎮上吃些小吃，在水淋淋的街道上走一走。每當這個時候，我就會感到發自內心的從容。

野營散記

月明星稠的夜晚，山林中雖有多種蟲鳴與風聲，但仍然顯得無比寂靜。我躺在帳篷內的氣墊床上，透過薄紗般的窗口抬頭，月光下樹木的投影如剪影般朦朧而又輪廓鮮明，月色也像籠上了一層輕煙。這樣的夜晚，驅走了我的睡意，卻也不能令我有太多的思考，只是靜靜地躺著，感受著一種說不出的寧靜的感覺。

第一次在群山深處的湖邊紮營露宿，體驗在美國假日休閒活動中頗爲流行的野營生活，對我是一種震撼，儘管多年來也曾踏足過不少山水，但大多如蜻蜓掠水，晚上便回到城市中的民宅裡，在燈光與席夢思中入睡。現在才體驗到，這種與大自然的貼近仍是隔著一層面紗，只見到容貌，欣賞不了膚色，只有眞正生活到大自然中，貼近它的呼吸，睡在略帶潮氣的泥土上，枕著一地破碎的月光，聽滿耳的山林之聲，才可以抓住一絲大自然的內涵，眞正地淘洗一遍心胸。

野營的第一天，我凌晨五點半便被晨曦促醒，清爽的山風——稱作「嵐」——讓只睡了三個小時的我毫無倦意，於是便起身繞湖散步一圈。這半個小時的湖畔行走帶給我的感動其實是無法訴諸文字的，但我仍然願意總結爲「回歸」二字。那就是一種回歸到某種純眞境界的感動：忽然間你原先熟悉的一切都消失了，周圍的環境簡單而清晰，泥土、野花與粗大的樹幹，還有奔走的松鼠、游動的水獺以及各種無名的鳥的鳴叫，取代了一切記憶成爲煥然一新的現實。而這種所謂「新」，你會從內心深處感到親切，它彷彿從生下來就隱伏在意識深處，任你在生活中把心放逐得離它愈來愈遠仍不動聲色；可一旦機關啓動，它就會控制你所有的心情。這就是人與大自然之間那種寫入生命深處的關聯。

我們久已忘記了這種關聯，這是人類作爲群體，有時顯得面目可憎的原因之一。

冬季到台北來看雨

很久很久以前，聽孟庭葦的〈冬季到台北來看雨〉。那時會覺得無動於衷；因爲其時我人尚在燥熱的北方都市，穿行在塵土與明晃晃的陽光中，一身汗濕下怎麼可以想像濕冷的冬天那座聽起來遙不可及的都市？

這次回台灣，正好是冬季；雖然雨水不多，但也趕上了一、兩場，才眞正感覺到冬季在台北，下雨時那種特有的陰鬱與冰涼。

對於我這樣自小生長在中國北方的人來說，本來是應當具備相當的禦寒能力的。但那天在窗外蕭瑟的雨聲下，我卻唯有縮在飯店房間的床上，瑟瑟發抖。這倒也並不盡然是因爲飯店沒有暖氣，而是那種濕冷以無孔不入的方式四面襲來的氣勢懾服住了我的抵抗力，那場冬雨像一個個性內斂陰鬱的孩子，靜默地坐在那裡，儘管不暴烈，卻令人窒息。我只有擁被坐在窗口前，看中山高架橋上至深夜仍車水馬龍的一條光河，在雨幕的朦朧中一寸一寸計量時間的長度。

另外一次經驗是在清晨，打開窗帘，大片大片的灰暗迎面撲來，在漫天飛灑的雨絲中，台北的天空是灰色的，街道是灰色的，行人是灰色的，建築物是灰色的，街井之聲也是灰色的。我還很少見到一座城市，能夠在雨中呈現出如此一致的視覺狀態。但這種灰色卻並不令我壓抑，相反地，台北的早晨卻因這種顏色的低沉而展露出其內在的氣質與百年修練的功力，我想，沒有哪一座新興的現代化都市可以因雨而內斂，那些張牙舞爪的高大樓層習慣於在陽光下熠熠生輝，它們因年輕而活力十足，即使在雨天裡也燦若鑽石。可是那些積澱了幾百年歷史，見識過生死悲歡，歷經過風雨淬煉的都市，它們平時，在陽光下，也會如新生代都市一樣，肆無忌憚，但它們深藏在街巷與老屋中的既有氣質，只有在一場大雨的洗刷下才可以「偶爾露崢嶸」。在雨中，這樣的都市一絲絲吐出記憶的陳腐之氣，宛如擺動身軀的巨蟒，緩緩地，煥發出那種並不招搖卻咄咄逼人的氣勢。

在雨中，我默立在窗前，看一座都市的本相依稀呈現，那是一種在寒意中攫取住的溫暖，我四肢依舊冰涼，但內心充滿喜悅。因為不是所有的時候，我們都可以抓住所有的瞬間，那難得把握到的一些本質，在我們可以擁有的時候無比珍貴。對於台北這樣承載了歷史與土地的雙重重量的都市，只有在藉雨水洗刷掉鉛華的時候，才可以呈現出懾人的魅力。即使是像我這樣過往頻繁的異鄉人，也仍舊會藉這場冬雨重新認識台北，看到一些平時看不到的台北面貌，感受一些平時無從把握的台北印象。

想一想忽然覺得有些弔詭：這次到台北，原本是爲了宣傳自己的新書《我異鄉人的身分逐漸清晰》，然而，因了一場冬雨，我卻忽然失去了異鄉人的感覺。冬季雨中的台北，那種陰鬱，那種濕涼，那種灰色，那種遲緩而有節奏的城市脈搏，讓我自感已成爲其中之一分子，從精神上講，我還算是對台北來說的一個異鄉人嗎？

秋賦一章

深秋的波士頓寒氣逼人，接連下了三天雨之後，所有的葉子已自樹梢落下，滿城的綠色也已幾乎在倏忽間代謝成了枯黃色。今年的秋天好像特別短，人們還不習慣不穿短褲T恤的時候，氣溫已經在逼迫毛衣的出現了。

我在由落葉鋪成金黃色地毯的小街上走過，蕭瑟與風一起灌入耳鼻，然後浸入肌骨。寒冷是最好的節氣說明書，提醒我預備又一個白色的波士頓之冬。然而終究是有些不適應，於是生理反應逐一呈現：頭暈、上火、乾燥……不一而足，然而，在這樣的秋天裡，我的生命狀態通常會處在一種巨大的不確定之中。曾沉浮浸淫、耳熟能詳的春天與夏季，隨綠色的逐漸凋零而業已陌生；當寒意開始侵入外衣，我們卻對即將進入的冬的王國所知甚少。秋天就以這樣的過渡者的身分，把我們從一個季節駛向另一個季節。這讓我想起上海詩人陳東東在一首作品中說的：

夢遊歸來的鳥，開花的青銅
古老的血脈在冷白的石頭裡
黑衣的探尋者經過了玫瑰
和同樣高大的愛的秋天。在寬大的窗下
青花瓷瓶盛開幾枝懷舊之花
空闊和頻繁的網，卻已經懸掛於詞語之外。（〈八月之詩〉）

的確，秋天是最能給人一種禪意的氛圍的季節。在秋天裡我們略帶疲憊地思考，因而可以更理性、更平和；我們可以在天氣的兩極間尋找到一種折衷的舒適，在天高雲淡的黃昏讓自己得以沉靜。秋天將要離去的時候，以滿地落葉向人間告別，留下的是遠比春、夏及冬天更美的背影。它來得雍容，去得美麗，這種優雅也可稱爲四季之冠。我想，這就是秋天是大多數人最愛的原因了。

幻想沒有到過的地方

不知道從什麼時候起，開始毫無節制地蒐集各類旅遊資訊：雜誌類如《國家地理》、《旅行者》等全美流行的旅行期刊，剪報類如*New York Time*週末版和*Boston Globe*週末版「旅遊」專刊，以及《蘋果日報》每天的旅遊資訊專頁。不知不覺地，相關資訊堆成了一座小山。

那天突然意識到，面對這樣一座資訊的小山，等於面對大半個地球。窮我畢生之時間與精力，也不可能遊遍其中的二分之一。想到此，一時有些恍惚，不知道自己爲什麼蒐集一些也許永遠也用不上的材料。

然後打開一本《國家地理》雜誌，迎面而來的是烏克蘭山區純樸的自然風光：深山霧鎖、石屋橫陳，皺紋滿面的婦人對著鏡頭微笑……。忽然間領略到，即使一生也無法涉足那裡，至少，僅憑圖片幻想沒有到過的地方，也是一種人生難得的快感吧。

幻想沒有到過的地方，就是一種精神上的旅遊。我們不可能窮盡一切而往的山水，但卻可以窮盡自己的幻想，去想像戈壁、沙灘、雨林和小木屋，想像在鮮少人跡的叢林中，劈荊斬棘地走出一條新路，發現從未有人染指過的大片蔚藍湖群的快樂。其實想一想，快樂就是快樂，本無所謂從想像中得來還是從實際的情境中獲取。如果沒有想像中的世界，快樂的源泉就會減少一半，這豈不是意味著，快樂也會減少一半嗎？

人與動物的區別，就是人可以思考，可以想像。這就使得人可以得到的快樂與認知比動物多了心理層面上的一倍。如此一想，埋頭在文字的世界裡去幻想天涯流浪，也不會覺得自己太一廂情願了。

記得看過王家衛拍的「春光乍洩」後，就好想去看一看阿根廷的大瀑布。後來才知道那裡的瀑布，無論如何也不如尼加拉大瀑布壯觀，而尼加拉大瀑布，我觀賞過好幾次，已經無動於衷了。這樣想來，如果眞的親眼見到阿根廷的瀑布，也許倒會失望呢。

如此，則幻想那些沒有到過的地方，也許倒更可以蕩氣迴腸一些。

機上四章

飛行高度：34000 feet；飛行距離：2415 miles；飛行時間：8小時39分。

飛機正穿越加拿大北部上空，準備凌空而過太平洋，抵達日本成田機場，在那裡短暫停留後，再飛向此次旅行的目的地——台北。

我一邊寫下這些基本資訊，一邊在隨身聽裡換上Dido的「No Angel」，「My love has gone……」舒緩的樂聲彷彿來自周圍的整個世界。我就這樣開始我的旅程，一如往昔地心情複雜。

這個世界上有多少寂寞的心靈，是需要靠旅行來慰藉？候機的時候我坐在大廳裡，身邊人來人往，總會看到與我相似的旅行者，簡單的行囊，平淡的目光，懶散的姿態。我們與大多數出門的人不同，他們消費，我們付出；他們在追尋什麼，我們在躲避什麼。

陽光從舷窗上射到我的稿紙上，晴朗的天空明淨得不可思議。想一想此時此刻在地面上的人的眼中，我們這個小小的空間如同白晝流星一般，如此神奇的認知或許可以填補內心的大片空白。

不是所有的旅行都可以慰藉寂寞的心靈，只有「我」的旅行可以慰藉「我」的寂寞。

有時候眞想永遠停留在兩點之間，讓旅行成爲一種常態。

沒想就這樣一直飛下去，忽略疲累與厭倦不計，好處多少包括：終結所有曾有的遺憾，而以無奈的心情告別過去；不用擔心歷程中種種的暗夜荊棘；失去所有希望從而再也不會絕望，以及種種未經歷就無法想像的未來。

而疲累與厭倦是眞的可以忽略不計的，因爲這樣的代價不足爲道，我們在日常生活中已經付出太多，以至於連犧牲都談不上了。因此旅行的過程反倒成了休息，從生活中解脫之後的輕鬆。

想到這兒我不禁苦笑，人就是這麼輕易地可以自我欺騙。明明我們不可能永遠生活在旅行中，再長的行程也會有終點，無論我們多麼享受當下，當機艙門打開的一刻，還是要回到現實；然而我還是在一瞬間錯把當下當成了永遠。

也許旅行（或自行）眞的容易給人一種錯覺吧？我們突然面對陌生的環境，陌生的人和陌生的感受，很容易陷入冥想。這就是旅行的好處。但是當旅行結束，我們又回到從前的時候呢？從輕回到重，我們該如何調適自己的平衡？

也許，我們可以把旅行當作一種從前，而把從前，當作一場新的旅行吧？

做一個旅行者

把屋子裡大大小小十幾個燈都打開，飽滿的燈光下更襯出因整潔而顯得荒涼的客廳與臥室。這是一個與往常一樣的週末之夜，我開始像往常一樣在室內幻想自己的理想——做一個旅行者。

做一個旅行者，最好有充足的財力支持，如果出門旅行還要斤斤計較，把時間花費在選擇最便宜的交通工具和旅館上，那還出門幹什麼？哪兒也不去最省錢。我是主張既然旅行就不要怕花錢的人，因爲用錢阻擋住一些現實中的麻煩，旅行的眞正意義才有可能得以呈現。想一想，如果我們在加勒比海地區，是住海岸邊的四星級旅館，還是住便宜得多的離海岸十八里遠的青年旅社，更能領略夜風中對茫然無際海天的意境呢？毫無疑問，旅行是一件奢侈的事。

做一個旅行者，還要淨空自己的心。旅行中我們處於完全不同的時空環境下，尋找的就是從原來的人與事中解脫，假如在旅行中你還要隨身攜帶手機，要follow華爾街股市或工作上的進展，那還不如堅守在工作的單位。當一心只能一用時，心才可以用來體味物相背後的情趣，所以在旅行中，我們應當是一張白紙，既然出來了，就不要再掛念除旅行之外的其他事，而要由一顆潔白的心去面對旅行中的新境遇。

做一個旅行者，就意味著接受一切可能性，那可能是一次很不愉快的記憶，你在心情最爲沮喪的時候遭遇一場愛情。或者當你只想在雨中瀏覽一座城市時，卻發現水淋淋的都市景觀渾然神似令你落荒而逃的那座城市。你的旅行經驗可能讓你終生回味，也可能在你的傷口上又撒上一把鹽。然而，正是這樣可能性的無限，使旅行成爲一種狀態，在這種狀態中，我們可以抽離萬物，尋找一刻的麻木，爲了難得的麻木，有些代價是值得的。

做一個旅行者，就要學會與孤獨共處。我們身處社會中，時時刻刻與他人相處，熱鬧固然熱鬧，但怎會覺得這種熱鬧隸於都市，隸於內心以外的世界。旅行因而成爲一種尋覓，我們尋覓孤獨，尋覓在壁立千仞的山谷裡忽然見到同路人的那種狂喜。而當旅行是一個漫長的過程時，我們必須幾天幾夜不言不語，只用目光與世界溝通，我們也必須與世界磨合，讓一個人的旅行可以教自己接受。旅行因而成為挑戰，逼迫我們在掙扎中擠壓出生命中所有的能量。

所以做一個旅行者是我的幻想。在無比現實的現實裡，因為有了旅行，我們還可以保有一些並不現實但仍為我們珍惜的東西：好奇，不安於現狀；冒險，在失敗中尋找樂趣，以及種種雖然青澀但豐富的記憶。在旅行中我們忽然發現了自我；一個過去的我，就這樣藉由旅行而栩栩如生。

那些衰老的臉

到花蓮過週末。不是爲了觀光，眞的。

朋友開車帶我到城裡閒逛，忽然就捕捉到了那幅畫面：那是一家榮民大院，灰色的高牆讓我想起監獄，探頭可以看到院內一棟棟住宅樓，也是灰色的。

高牆外沿公路是一排排供人休息的長椅，長椅上排排坐的是一張張衰老的臉和他們的身體。我心裡忽然一動，感覺有點心酸。

前一天上太魯閣，開車沿盤山公路盤旋而上，一直忍不住驚嘆人工的壯觀。據說那條公路一直修到台中，開車也要五、六個小時。是什麼樣的人力在中央山脈硬生生地挖出一條公路？爲了這條公路，會有多少生命、青春和活力就此葬送？

陪我上山的朋友說，是那些一九四九年的時候從大陸過來的阿兵哥，是那些今天稱之爲「榮民」的人。

榮民！不就是我看到的那些衰老的臉嗎？

這些臉，在渡海來台之時，也應當是稚嫩、開朗、帥氣、英挺的吧？

他們在歷史的大浪中被拋離親人和故鄉，然後把一生獻給島嶼開發，現在只有在長椅上打發晚年。

我突然忍不住內心的好奇，掉頭去問朋友：他們現在會是什麼樣的心境？想到過往，那一份蒼涼會深印心中嗎？現在的台灣社會，還有人會記得他們嗎？他們的生命已經與台灣融合在一起，可是他們的故事，有人書寫下來嗎？在台灣混亂豐富的社會表象背後，還有多少這樣的人群和這樣的故事？

朋友聽了我連珠砲的問題沒有笑，反而也沉重起來，卻一個字也沒有回答。

車子愈駛愈遠，那些衰老的臉孔卻愈來愈清晰。

我忽然心驚，是不是有一天，我們也會成爲被遺忘的一群？

一座偉大城市

一座偉大城市，首先應當是有歷史感的城市。就像歲月滄桑可以煅造出一個人的氣質一樣，城市的氣質也是在時間中形成的。嶄新的都會也許可以富麗氣派，也會紙醉金迷，但總給人一種暴發戶的感覺，在那裡，我們更在意都會生活，而非城市本身，比如拉斯維加斯，比如中國海南的海口。而有歷史的城市煥發出的是內在的吸引力，是城市使生活更有魅力，而非生活令城市吸引人，北京、倫敦、紐約、台北，都是這種有水洗般容顏的城市。

一座偉大的城市，是把風采滲透到肌膚中，而不是寫在臉上的城市。比如紐約的downtown，每一幢樓看上去都鉛華已盡，幾近破敗，然而你進入其中，才發現裡面是雍容典雅的客廳。這樣的城市，美麗不是由那些旅遊景點連綴而成的，眞正懂得享受它的人，永遠會在極爲平凡普通的地方發現令人眼睛爲之一亮的事物。這樣的城市，永遠給人新鮮感和新發現的可能性，你可以在其中居住十年，但仍會在某一個黃昏發現一片從未見過的風景。它之所以偉大，是因爲拓寬了生活的面積。

一座偉大的城市，應當有一座高水準的美術館，提到洛杉磯，我們會想到蓋帝（Getty）博物館；提到紐約，會想到大都會博物館；巴黎更不必說，有舉世聞名的羅浮宮；倫敦的大英博物館也爲倫敦增色不少。這樣的美術館或博物館，應當是世界級的，應當蒐集這座城市對人類藝術與文明的貢獻。有這樣一座美術館的城市，令城市自身成爲民族、國家或集體記憶的符號，這種地位使城市因之而偉大。

一座偉大的城市，是人口流動、族裔多元的城市，這樣的城市不會因爲單一與封閉而枯燥，它的活力來自於不同族群、不同文化的衝撞，摩擦中的火花會成爲都市文化景觀的花邊，那些令人嚮往的城市，基本上都是移民構成的城市，以北京爲例，與五十年前相比，從外省市湧入的人口早已超過原來的居民。而在美國，幾乎每一個城市的人口構成都建立在移民的基礎上。多元文化的拼貼可以使一座城市哪怕破敗零亂，但仍有一張青春的臉。

一座偉大城市，是包容、支持小眾文化和弱勢群體的城市，也是另類生活的天堂，無論是紐約還是雪梨，無論是台北還是北京，都爲都市漫遊者，爲那些游離於主流之外的次文化提供了廣闊的空間，這與市政無關，是城市的氣度本身提供了包容性，僅僅有包容性還稱不上偉大，偉大的城市還會主動地去鼓勵小眾與次文化的生長，因爲後者代表的是文化的可能性。一座偉大的城市，眼睛看到的應當不僅僅是現在，還有未來。

極樂世界

四年前，他說要寫一篇小說，叫作〈極樂世界〉。

當時我未置可否。我相信他的才氣，但是實際上有無數有才氣的人，在命運的車輪下磨滅。往生，我覺得在這樣的悲劇框架下用文字複製自己的故事，其實是一種毫無結局的反抗。

這篇小說他寫了四年，卻沒有一字落於筆墨。他落入命運安排好的陷阱，在拚命掙脫與無力掙脫之間大醉、大悟，然後再一次大醉。我彷彿成了世界上唯一的聽眾，只是劇情於我，已是爛熟在心。多少次想強行中止這一幕生活中的「極樂世界」，卻沮喪地發現人是如何無力地生活。

四年過去了，他與女友的愛情故事終於接近尾聲，所有的華彩逐漸斑駁凋零，刻骨銘心的一場愛情換來的只是兩份自尊的較量。他說他這個作者，這一篇眞實的故事寫起來無比疲憊；我只有點頭稱是：因爲天知道，就是我自己，作爲觀眾，也是無比疲憊了。記得剛認識他的時候，他才二十四歲，詩才橫溢，傲氣逼人；這幾年下來，卻已形相大變，精氣內斂。對於這一場似乎打不完的感情戰爭，他竟可以自嘲到開懷大笑的地步。我是親眼看到，水是如何把一粒礫石磨成鵝卵狀的。後來他終於給我看了〈極樂世界〉的手稿，只有幾個章節，如果不續寫下去，充其量是篇散文。但是滿篇的懷舊仍然清晰地影印出了他的心情：就像一個在愛情的角逐中鬥敗的騎士，他那摻雜了沮喪、自尊、失望、不甘心與無可奈何的心情，如一杯雞尾酒，讓醉者緊緊擁抱過去。

我這才開始體會出，爲什麼他想將小說取名爲〈極樂世界〉。只有當我們掙脫開現實的羈絆，在想像或懷舊的世界裡隨心所欲地鋪陳自己的命運時，才可以體會到什麼是眞正的快樂。那是一個極樂世界，在裡面我們無憂無慮，我們稚拙天眞，我們像小孩一樣無所畏懼，我們從往日情懷的火焰中感受到無與倫比的溫暖。

藍調的歷史

在羅斯福路三段一七一號四樓，有一家名爲「藍調」（blue notes）的 pub，喜歡爵士樂同時又愛泡酒吧的人應當都知道這家 pub，因爲它據說是台北少數有十年以上資歷的爵士酒吧，有大量的爵士 CD 和錄影帶。今年夏天在台北的時候，我曾與朋友深夜去那裡聽爵士。濃郁的美國風情裝飾，昏暗的燈光泛出紅酒的亮澤，音量開到適可而止的爵士，感覺上是一個讓人頹廢的地方，但又有一種懶洋洋的溫暖。

提到這家酒吧，因爲手邊正好有一本與之有關的書，是英國樂評家 Richard Cook 的新作，名爲《藍調歷程——一本傳記》（*Blue Note Records: The Biography*）。因爲要複習大考，沒有時間細看，因此只是大致翻了一遍。這本書介紹的是錄音公司「藍調」——公司的名稱以後成了爵士樂某一種類的名稱——

的歷史，從公司創辦人Alfed Lion如何在一九三八年的深冬之夜在紐約卡內基中心的一場音樂會上爲爵士演出打動而在兩週後即開創該公司，到五〇年代時公司的老闆如何爲了發掘爵士精品而流連於紐約大大小小的俱樂部，從推出 Miles Davis 的輝煌時代到日落西山的七〇年代公司的窮窘，這既是一家公司的歷史，也是一部爵士樂發展的小史。

這本書讓我對紐約的不良印象多少有些改觀。想想一想五、六〇年代的這座國際文化之都，林立的水泥群中遊走著不知多少敏感而富藝術氣息的靈魂，而爵士樂正是那個時代那種氛圍的寫照，不用太多地去回頭尋找舊日的痕跡，只要在隱約的爵士樂中慢慢品一小杯紅酒，你就可以找到那種懶洋洋的溫暖。

high的時候

一般來講，high 應當是一種亢奮狀態，最常見的例子是在 Dance Club，電子音樂加搖頭丸，會讓每一個人都 high 翻天，高度興奮加大幅度的肢體動作，這種 high 的感覺來源於發洩的愉悅。又或者是在與朋友聚會的時候大口飲酒，酒精的作用下滿桌的笑語喧譁，酣暢淋漓，這是解下顧忌的頭盔後，那種大口呼吸新鮮空氣一般的痛快。

然而，high的時候，其實也可以是在極爲靜謐的狀況下。記得大約一個月前在台灣的時候，陳昇和吾爾開希拉我去台北附近的烏來泡溫泉。那是一家新開的溫泉，日式色彩鮮明，簡單的布局中隱隱透出禪意。我們一行幾人泡在露天的池中，視野外是一片波瀾不驚的小湖，夜色在湖面上灑下斑斑點點的銀色划痕，襯托出遠處岸邊那一叢叢竹林的黝暗。也許是因爲夜深的緣故，除了我們已沒有其他的客人，這使得靜謐中又多了一份寥落。一夥人泡夠了去三溫暖，只剩下我和陳昇在池裡——他不想談音樂，我不想談政治，於是只有沉默。而在這沉默之中，我卻突然有一種很 high 的感覺。

這種 high 有別於亢奮或發洩，它可能更類似於佛洛姆講的「高峰體驗」，在這個時候，我可以感覺到觸覺的逐漸模糊，身體與外界的區隔也緩緩消散，人與環境開始分不出彼此。此時的感受，在心中仍是平靜，但這種平靜卻包含了太多的享受與喜悅。沒有什麼外界的刺激，只是瞬間的天人合一，就可以讓人 high 到找不到自己。此時，任何額外的聲音都只是干擾，我只聽到風吹過水面的聲音——沉默顯得如此寶貴。

於是我知道，high 的時候也可以是安靜的時候。我們其實可以不必借助諸如 drug 之類進入極樂世界，那原本只是用心就可以達到的境界。

我想大約在冬季

我們總是要把記憶保存在某種形式裡。也許那只是一個外殼，但它既然承載了記憶，就被賦予了特殊的意義。齊秦的一首〈大約在冬季〉於我來說，就是因此而有了特別的分量。

這首先是因爲在我記憶中最爲沉重的部分大都發生在冬季：在積雪的湖邊，在雪地映白的夜空下，在寒冷的夜裡，彷彿只因爲有了刺骨的寒意，內心才可以被比較出一點暖意來。那時這一首〈大約在冬季〉正在北京高校裡風靡，雖媚俗但擁有壓倒一切的優勢，於是我所有的記憶就被鐫刻在了這首歌的背景下，如同一塊鋼板，把刻下的風景突顯得如山峰一般。

然後遭逢從未想像過的困境，爲了更多的自由而失去了自由。一路走來，似乎仍然以冬天的記憶最爲深刻：那時面對窗外白茫茫一片的雪地，老樹枯枝上稀落的幾隻麻雀，從心底裡湧出的又是〈大約在冬季〉的旋律。那時，只有這種可以用心擁有的記憶如同炭火，讓我在凜冽的風中兀自可以營建防禦工事，抵禦四面八方的寒冷。

這就像一篇三部曲的個人敘事，第三部分總是以異國他鄉爲背景。漂泊、流亡，在世界的各個角落裡哼出〈大約在冬季〉的曲調。這時的這首歌，就像內心的一種隱痛，經常提示我在過度平庸的生活中尋覓哪怕是罕見和貌似陳舊的那一份眞誠。有時我會無助地傾倒在沙發和紅酒裡，反覆地放這一首〈大約在冬季〉——其實已不在乎歌詞與旋律，只要那一份熟悉，只要挖掘出廢墟中的一片殘瓦。

偶爾也會極不情願地面對另一種靈魂的自我拷問：你什麼時候可以從亂花迷眼的世界中發現一些平實淡泊的記憶，讓你不會過度沉迷於時間編織出的騙局中？我的回答只能有一種：我想大約是在冬季。

卷三

思念的雨聲

我就這樣靠在牆上，一直到陽光刺痛我的雙眼……

傷了

我從來不喝威士忌。不是不好喝，而是喝傷了。

記得大約十年前在北京的時候，流行喝威士忌。一次與朋友聊天，兩個人一夜之間喝光一瓶「黑方」（威士忌的一種），回到家後吐得我眼冒金星。自此以後，不知爲什麼，對威士忌頓時了無興趣，甚至一聞到威士忌的味道，胃裡就會不舒服。

同樣的經驗還與巧克力有關。曾幾何時，當我還不知道注意身材的時候（多麼幸福的時候），我狂愛吃巧克力，最多時一天吃掉半斤。到了美國，見識到更多品種的巧克力，更是情難自抑，大吃特吃。已經忘了從哪一天起，彷彿突然發生的一般，一下子對巧克力失去了興趣。現在你就是給我最鮮美可口的巧克力，我也會無動於衷。我知道，這說明吃了太多的巧克力，終於也吃傷了。

北京話形容什麼東西過分擁有，反而會使你產生排拒感，稱爲「傷了」。典型的就是對某一種食品暴飲暴食，就會產生「吃傷了」再也不想碰的感覺。這讓我忽然想到，感情太濃郁，會不會也有「情傷」的事發生呢？

聽說過類似的故事：A爲了追求B，想盡一切辦法與對方在一起，也爲對方流盡了眼淚，爲對方注入了太多的感情。有一天，當B終於爲之所動，來到A的身邊時，A卻感到一切歸於無聊，不僅沒有欣悅，反倒對B的感情感到索然無味。經過刻骨銘心的愛之後，A對愛這種東西已經無法承受了，而寧願把感情的事遠遠拋到腦後，只求一時的快感。

A不是一個鐵石心腸的人，但A也是眞的不再想觸碰感情了。我想，他恐怕也是「傷了」吧？

一生只見一次

你有過一生只見一次的朋友嗎？

那天已經是深夜了，花蓮卻依然暑氣未消，我坐在J的機車後座上，心裡想：「我們恐怕一生只見這一次了。」在一個完全陌生的城市裡，與一個初次相逢的朋友，疾駛在空曠的街道上。眼前閃過一座座院落和一條條街巷，有的竟然似曾相識，我忽然有一種逃亡的感覺。彷彿突然從一個自己熟悉的環境裡抽離出來，卻在完全陌生的新的環境裡游刃自如，我一時迷惑，任機車載我呼嘯而至黑寂的海邊。

只是來度假，只是朋友託朋友陪我一下，這樣結識的人，一生只會見一次吧？可是我為什麼會始終無法釋懷呢？是任由J載我到隨便什麼地方的那種人與人之間的信任產生的溫暖？還是在無人認識的異域可以自由放縱的那種感激？不同的情緒點綴了那個夜晚的夜色，讓我坐在機車上的時候，忽然覺得是宿命把我扯入這樣一個注定會來的夜晚。

有些朋友，眞的也許一生只見一次，但是一次也就足夠了。我們不應是那種貪圖糖果的小孩，期盼下一次品嘗甜味的快樂。我們知道，有些快樂是永恆的，而有些快樂卻是瞬間的。如果我們一定要把瞬間拉扯成永恆那麼久遠，所有的密度就會被稀釋掉。那些朋友，哪怕一生只見一次，卻會在生命的記憶裡刻下深深的一道痕跡。我們生存的全部意義，不就是積攢這些痕跡嗎？

我後來果眞再也沒有見過J。我有J的電話，J也有我的聯繫方式。但是我們都沒有再聯絡過對方。這正是我無法釋懷的地方。不是不能釋懷了的無情，而是不能忘記，也有別人，像我一樣珍重一生只見一次的意義。

矛盾

很多年過去了，那十幾封電子郵件我仍然沒有刪去。

但也從來沒有看過。

這是那樣一種複雜微妙的心情；有時，面對已如流水般逝去的往事，我們會在無助的企盼中清醒地知道一旦開啓記憶會導致的落寞，但要自己親手切斷有可能循跡找到記憶的渠道，卻又發自內心地自我牴觸。我們明明知道那裡已經存在的是無法挽回也無法重現的結局，但又似乎偷偷地在心的最暗處儲放一星半點的希望，那是一種對奇蹟的嚮往，也是一種自欺欺人。也像一層窗紙，捅破它我們就再無幻想了，我們會更珍惜當下的一切而不把一些最寶貴的情緒留給過去；然而，我們卻又無論如何也不捨得捅破，彷彿哪怕是一些痛苦的往事，也仍自有它年華已老的珍貴之處。而一旦豁然拋卻，我們就會如同少了一位多年的老友一樣，心下頓時蕩然。原來我們寧願心中有一絲沉重，而不想完全地放輕鬆，這不是十分矛盾嗎？

如何處理那已經伴隨我很多年的電子郵件，就是如此隱然牽動內心的矛盾，有多少個已微醺而月明的夜晚，我打開那個只有我知道的電子信箱，只見到十幾個沒有標題的郵件靜靜地橫陳在屏幕上，卻無法按下「開啓」鍵，感覺矛盾的癥結在於我以爲歷史會如此之輕，以至於會隨十幾封電郵的消失而去——儘管其內容我已爛熟於心。然而，不消除掉舊檔案的後遺症，則是我常會在一切已歸於平靜的時候，不由自主地打開那個信箱。

也許，就讓矛盾的心情永存吧，畢竟人類戰勝不了感情。

與失戀專家的網遇

在網上「潛水」遇到一個好久沒有聯繫的朋友，於是急忙「趨前」問候：最近好嗎？

對方敲出三個黑色大字：「失、戀、啦。」

我打出一個「大笑」的符號，說：「好像不是第一次吧！你是失戀專家呢。」

對方打回一個「憤怒」的符號，說：「落井下石！下次輪到你！」

我的回覆：「烏鴉嘴！烏鴉嘴！烏鴉嘴！」

想一想，救人一命勝造七級浮屠，還是開導他一番好了，於是再敲鍵盤：「你每次都是遇到自己喜歡的人，就如同過河卒子一般，奮勇向前，好像上一輩子是終生情侶，誰都會被你嚇跑。」

對方沉默。

我鍥而不捨：「說話啊！命中要害了吧？」

果然不堪一激，屏幕上很快出現一排咬牙切齒的字：「我知道現在社會上的主流是一夜情，可是我還是一直要生活在童話世界裡。」

幾乎昏倒！

扶著桌子站起來，我邊笑邊打字：「拜託，一夜情與愛情童話並不是統獨那樣二者選一的選項好不好？根本是兩回事，情聖大人。」

騾子脾氣上來了（他也是湖南人），對方開始不講理：「不管！不管！反正我就是相信世界上會有可以實現的愛情童話。」

忽然覺得自己太老了，我以一個純正老人的心態和藹地回覆：「孩子，你總會長大的。」

對方的反應乾脆俐落：Log off。他離線了。

我只好也離線，開電視去看《全民亂講》。

平靜

穿過層層人牆，遠遠地看見你站在大門入口處，輕輕地向我點一下頭，示意你已經如約到來。一時間，我有些心悸。連忙收拾心情，繼續面對眼前的聽眾，我感覺自己的陳述有些機械。

當初我們分手的時候，我就曾經幻想到會有這麼一刻：場景與表情如出一轍，而心情卻大相逕庭。那時我以爲我會在這樣的時刻無法自已，拋下滿場的人奪門而出，演出一場現實生活中的偶像劇。我以爲我會控制不住雙手的輕顫，無法用粉筆在黑板上寫下一個可以辨識的字。

而現在我卻出奇地平靜，你甚至可以說有些淡漠，也許太長的等待已經磨粗了神經，我不再爲生活中的波瀾敏感異常；也許這一刻本已在意料之中，儘管遲到了兩年的時間，仍在心理預期的有效期內。當然，更可能的是，我從你那裡學會了堅強，尤其是在面對過去的時候。王爾德曾經說過：「人生有兩個悲劇，一個是你得不到想要的東西，一個是你得到了。」與你在一起的時候，這種平靜是我努力爭取而得不到的。你一定還記得那些深夜，街頭兩個人的激動和那些幾乎永無休止的相互試探，那時其實我已經疲倦，可是心還是不會感覺到累。現在我終於學會了讓心靈的世界鬆弛，學會了讓各種念頭單純化與透明化，也因而學會了平靜。王爾德說得對，得到了我過去想要的東西，也是一種悲劇。

尤其是現在，在你我的目光可以穿越人群交集在一起，而我竟然已不再熱淚盈眶的時候，我更深切地理解了王爾德的意思。那並不僅僅是因爲已不再有可追求的前景而產生的失落，而是對我們浪費了那麼多的時間後又回到原點的感慨讓我們悲哀。這種悲哀以沉默的方式充溢在我們之間距離的空間裡，讓我們的平靜顯得觸手可及。

美國小子Kevin

Kevin 是我認識的美國人中最奇怪的，他二十歲出頭就到北京闖蕩（我們就是那時候認識的），至今十幾年了，據我所知只回過美國一次。

他也眞的不像美國人，尤其是在守時這方面，每一次我們約了見面，他必定遲到——可不是一般的遲到喔，他每次最少遲到一小時，爲此我被他氣到頭昏兩次、發瘋三次、罵髒話N次，但毫無作用；他一如既往地誠懇地道歉，又點頭又哈腰。一個國際友人，你還能說什麼呢？我認栽了，以後每次約他都帶一大摞書——看誰熬得過誰？

Kevin 毛病不少，但說實在的，人很善良，他本職是記者，在《基督教科學箴言報》、《華盛頓郵報》都幹過，可是採訪多了，我們就成了朋友。朋友有時也是一種痛苦，這是我從 Kevin 身上學到的教訓。有一次他忽然靈光一現，發誓幫我學英語，於是自己買了一堆教材，追得我滿北京亂竄，硬逼我跟他學，我那時正忙著跟政府打架，哪兒有那個心思啊！可是架不住這小子的死纏，還是把大學時學的英語又過了一遍。但眞正讓我感動的，是在我一九九五年二次入獄以後，當時大批外國記者去我家採訪我父母，他也在其中。人家手裡是錄音機、筆記本，他卻肩扛一床羽絨被，讓我父母給我送到牢裡，想是怕我凍著。

我到了美國後，他回了一次故鄉，來波士頓看我，約了中午十二點見面，他一點半才出現。我認眞地教給他「狗改不了吃屎」這句中文的發音，才解了一口氣。交談中得知，他現在在北京地下音樂的圈子裡打滾，是可以對崔健叫「老崔」那號人，那次以後，就徹底失去了他的消息。前不久有朋友去北京，回來說全北京的美國人都找不到 Kevin 了，但他一定還在中國。

我到現在也不知道，他爲什麼那麼愛中國？更不知道，他爲什麼每一次赴約必定遲到？我只知道，我還滿想念他的。

愛滋男孩

納特・朗提（Nate Longtin）今年二十四歲，正是青春年少的大好時光。他在一家電台工作，環境優越。他是公開出櫃的同志，並得到父母的支持。生活對他來說，顯得一帆風順，一直到一年前的那一天。

那天，他被醫生請到辦公室。醫生說：「我要告訴你一個不好的消息，你感染了愛滋病。」

納特與很多初次聽到這類消息的人一樣，一度情緒十分低落，甚至想到開車衝下懸崖。幸好，他把自己的困境陳述給了他電台的老闆。老闆告訴他：「現在已經不是八〇年代了，愛滋並不代表死亡。不過，你應當知道，從此以後，你要對自己的行爲負責，從你知道自己感染這一天起，你要當作重新開始了一個新的人生。」這番話救了納特。

他辭掉了電台的工作，轉到一家非營利的健保組織，開始致力於推廣一項觀念——「在你和一個人發生性關係之前，務必知道他是否感染過愛滋病。」爲此他成爲名爲「由我開始終止愛滋」的全國性廣播宣傳運動的正名代言人之一，他現身說法去同志的聚會場合講自己的故事，他的肖像廣告遍布波士頓地區的同志酒吧，他的廣告詞廣爲人知——「拒絕好過被感染」。前幾天的《波士頓環球報》對他的運動進行了大篇幅報導，他成了家喻戶曉的「愛滋男孩」。

現在的納特，每天吃兩次藥並承受藥物的副作用。他吃更健康的食物，做更多的運動，不再隨便去酒吧找人。更重要的是，他找到了新的人生目標——盡力幫助他人遠離愛滋，這使他重新找到了活力與自信。報紙上的照片裡，二十四歲的他仍然開朗、青春，微笑著面對鏡頭。

他也微笑著面對愛滋。

深夜的一個電話

那天我剛上床準備睡覺，他的電話就打了進來：「喂，我跟你講喔，這一次我是眞的下決心了。」

我知道他說的是什麼。認識四、五年了，已經不必要在交談中添加很多說明——只要一句話，我已經沉潛進了他的內心世界，他眞的要去向那個他喜愛的人表白了。

從來沒有見過這麼優柔寡斷的人：他愛一個人已經愛了很久，但遲遲不肯說出，只因爲害怕被拒絕。這麼老套的故事發生在這麼「cool」的人身上，對我來講，眞有些匪夷所思。

他是搞攝影的，在一個偶然的機會裡認識了那個令他心動的人。但是那個人卻對他不置可否。幾年來他們以好朋友的關係遍遊大陸與港台澳，僅僅他從電腦上轉過來的照片就已經成百上千——delete 都來不及。然而，他們卻依然只是朋友。

我眞的想給他一些鼓勵，可是又不知從何說起。

見了太多這一類在感情的山林中摸索出路的故事，覺得自己的心裡也長藺了。愛情不是憑理性可以得出方程式的解那麼簡單，我們這些文科出身的人更是因此而遍體鱗傷。但似乎又永遠也不可能處之泰然。

我在電話裡說：「好呀，既然下了決心就不要後悔。人愛一個人，不是爲了自己，而是爲了讓對方幸福，因爲你能給他的愛，莫過於讓他幸福。如果你的表白可以讓他幸福，你就大膽地往前走；如果你沒有把握，那你還不如把一切埋藏在心中。至少，曾有一朵花不可掩飾地開放過，我們又何必讓它被冰雹摧折呢？」

我也不知道自己在說什麼，可能只是讓他感受到我分享他的焦慮的關切吧。但天色已暗，窗下的街道上已是暗影幢幢，我的睡眠欲望已被一掃而空。

想必他也是一夜無眠吧。

那一天

那一天，南國的榕樹下你靜靜地站立。校園裡的鐘聲還在濕熱的空氣中迴盪。我們回到空無一人的教室裡的時候，餘暉尚在黑板上勾勒成一道道彩虹。白天的喧囂，彷彿是白天課上的一段往事，一切都如同虛擬的故事。我們好像除了沉默之外，對這個世界就一無所知了。

我茫然不知所措，你也一樣；一直到教導主任的手電筒燈光照到我們身上的時候，我們才發覺校園裡的漆黑與寂靜。在我依恃與校方的良好關係而回答詢問時，忽然注意到你的眼神——你在黑暗裡，眼底竟泛起明亮的光。

那一天的夜晚，風像一個初生嬰兒的皮膚一般滑潤無比。你倚在牆上宛如一座雕塑，我聽見彼此的呼吸，小心翼翼地輕輕試探。即使是在夢中，我仍然可以把握到的那種沁入肌膚的眞實，此時構成一種詭異：一方面，潛意識中我知道什麼是幻滅，什麼是隔著迷霧穿越時空去握住無可名狀的事物；另一方面，在某一個時間點，不管意識處於什麼形態，你卻是那麼真實，真實得可以觸摸到你的鬢腳。只有我在體驗這種詭異，你當然是渾然不覺。這正如我的期待，你可以如嬰兒般一無所知。在炎熱的夏夜裡你揮汗如雨，無辜地東張西望，無助的眼神正是我深愛你的理由。

這就是那種我窮盡全生也無法忘卻的眼神。多年以後，我仍能記住從夢中醒來的那一瞬間：世界冰雪般荒蕪一片，無色而且無聲；只有你的眼神，佔據了天地的一半。你所有的訴說，你所有用力壓抑的期待，都像冰川上的裂隙，逐漸撕裂成白色的全景畫面。

想起那一天的時候我在顫慄；那是一個人在心中明知無事可求時，仍在世界中無法自控地上下求索的顫慄。

關於心理諮詢

一個拿我當哥哥一樣看待的女孩子打來電話，一發不可收拾地講了半個小時：她愛上了一個台灣男孩，很優質的那種，但也正因爲太優質，追他的人太多，她無法承受這種現實，因而很痛苦，等等。

這讓我覺得自己成了一個心理諮詢醫生，這種感覺讓我很不舒服。

我完全無法掩蓋自己對心理諮詢這個行業的質疑。因爲在我看來，人的心理是根本無法以理性作爲基礎去分析的。我們一見鍾情地愛上一個人，幾乎都是出於盲目的衝動，那種美麗的心動的感覺是完全排斥任何理性分析的。可是，愛情之所以能驚心動魄，正是因爲有時愛情可以出於衝動，而不是理性。另一個例子是鬱悶。鬱悶這種心理狀態有時是與客觀環境聯繫在一起的。在某些現實因素下，人會因爲無奈而鬱悶；然而有的時候，鬱悶對某些人來說，卻是一種面對生活，甚至是享受生活的態度，在鬱悶中，他可以找到一個人的孤獨，可以在灰色的背景下把自己重新定義一番。這種時候任何有關心理學的證著都會顯得蒼白無力。這讓我想起前人的一句詩：「最恨人心常似水，等閒平地起波瀾。」

正因爲如此，我才覺得心理諮詢醫生除了扮演一個傾聽者的角色以外，什麼也做不了。以我那個妹妹的「案子」爲例：她一方面要找一個各方面條件俱佳的男孩，而另一方面，這樣的男孩不可能不引起其他女孩的注意。我這位乾妹妹在心理上陷入了嚴重的自我矛盾——她所要的正是她得不到的。一個人陷入了如此的心理困境，我不知道心理諮詢這門行業除了能向她再次重申現實之外，還能具有什麼作用？

我當然不是想砸心理諮詢這個行業的招牌，我覺得傾聽也是很重要的工作，它可以讓很多人的情緒可以得以發洩。我只是想說，如果你以爲心理諮詢眞的可以分析心理，那你就想太多了啦。

作為過程的愛情

作爲過程的愛情注定是一場悲劇。

這樣的愛情只有兩種：一種是你愛上了一個也愛你的人。這聽起來好像是很美滿的故事。好，那接下來呢？作爲過程的愛情會延續嗎？一個愛你的人你也愛他，順理成章的結局就是長相廝守，終生爲伴。但這就會陷入「婚姻是愛情的墳墓」那句老話的陷阱。在婚姻中，愛情的濃度被生活和歲月稀釋，逐漸淡化的結果就是愛情變成了親情。絕大多數婚姻的維繫基礎其實是親情，而不是愛情。親情固然也很美好，但愛情已經不再，它會在人心裡凝結成淡淡的哀傷。

另一種是你愛上了一個並不愛你的人。這樣的愛情當然更是悲劇，只是形式上比前一種來得更劇烈、更明確。大部分的單相思只是一時的迷戀，與愛情無關，因此也不會導向悲劇：當感情淡漠了之後，原來的迷戀就會被忘卻。眞正的悲劇是由衷地愛上了一個注定不屬於你的人，這時，愛情如果是一個過程，這個過程有多長，你的痛苦就會有多久。只要你還在愛，你就會痛。這不是悲劇是什麼呢？

所以要讓愛情不要變成悲劇，就不要理想化地、浪漫化地把愛情當作一個過程。

愛情本身應當是瞬間性的，它可能在相識的一剎那發生，也可能在相處了一段時間以後的某一時刻突然發生。但那一刻帶給人的幸福是難得的高峰體驗，這是那麼多人狂熱地追求愛情的原因。把握住那一時刻，得到對愛情體驗的最大享受，愛情才是美好的。如果硬要把美好的瞬間持續下去，就暴露出了人的本性的一部分——貪心。貪心的結果，自然就會是悲劇。

偶然相逢的你

假如我們把所有偶然相逢，但曾經爲之震撼的人，統稱爲「你」，這樣的「你」，會是記憶中最溫馨也最傷痛的部分。

就好像那一次在敦南誠品書店，還是淩晨四點，你矗立在書叢中，彷彿再打一道燈光就成了舞台上的雕塑。典型而普通的穿著與髮型，一張稚氣而清純的臉，讓我突然如同回到了中學時代。書店裡鴉雀無聲，音樂若有若無，你是目光唯一的焦點，卻一絲一毫也不爲目光所動。這情景像極了王家衛的電影意象，我在角落裡呆坐，耳畔忽然響起皮亞佐拉的音樂，神祕而且憂鬱。

就這樣過了二十分鐘，我們沉浸在各自的世界裡，然後你離去，我也離去，什麼也沒有發生，這是我的傷痛的原因。

還有一次，是在從倫敦到愛丁堡的列車上。一群面龐紅潤、青春四射的年輕人中，你把目光一直一直投向我這邊。我掉轉頭，窗外是蘇格蘭高原大片的綠色以草地的形式呈現，沿海邊鋪設的鐵軌在眼角下呼嘯而過，在高速變動的布景裡，我可以從車窗的反映中把握到你目光的溫度，一直一直地令我手足無措、甜蜜、尷尬、期待，而且絕望。

唯一的一次穿過蘇格蘭之旅，竟讓車內的風光超過了車外。後來列車到達終點站，你被朋友拉著消失在人群中，但偶爾仍會回頭，這是我溫馨的來由。

偶然相逢的「你」因而會成爲最美麗的記憶，因爲它存在過——這一點很重要，而且它沒有永恆存在——這一點更重要。我彷彿在流動中與你相互觸動，然後又在流動中相互遺忘。這會讓記憶變得十分破碎，但這種破碎又如流金的歲月，我們在歲月中逐漸枯萎，需要不間斷地得到記憶的灌溉。

歲月四則

除夕

這是一個很特別的除夕。一是因爲第一次在台灣過，感受到不同的民俗，比如年貨市場，比如傳統的燈會，比如紅包文化等等；二是因爲自從我記事起，就沒見過這麼熱的一個春節。今天的台北，氣溫估計將近三十度。這哪裡會有什麼「瑞雪兆豐年」的氣氛呢?!倒更像是「七夕」什麼的。

春節，彷彿已經是很遙遠的事了。記得小的時候，買新衣服，零食滿桌，守歲，放鞭炮，春節聯歡晚會，關東糖，還有寒假的快樂；春節透露出的是寒冷中的熱鬧與紅火。不願意說現在的春節怎樣，但是總覺得，春節這種事，對老人和孩子比對中間年齡層的人，恐怕來得更重要吧？而且，春節也好像是一條繩索，把我們的生命穿成綿延的絲線，把童年與今天連接在一起。有多少回憶，就是在年夜的時候才會歷久彌新，有多少人與事，也是在這時候才隱隱浮現。有時候我想，老祖宗發明出節慶，其實就是文化積累的一種方式吧？在歡樂中，不知不覺地栽種下歷史的種子。

春節也會帶來一些落寞——不是說我們這些流亡的人——對所有的人都是一樣，一種面對歲月流逝的落寞。當我們在每年的歲尾，驚覺到時間的快速消失之時，我們那種深沉的落寞，其實是完全包裝在無奈的彩衣裡的。於是只有用人工堆砌出的快樂，用大說大笑的氣氛，來抗拒這份現實，來迴避這種落寞。這也是人類用來自保的一種手段吧？憑藉這種手段，我們緩慢地走向未來，有艱苦但依然平靜。

春節的時候，最難得的就是熱鬧中的平靜。請試著在漫天的鞭炮聲中走出彌漫飯菜香味和笑語喧譁的房間，來到院子裡或者陽台上，讓心安靜一分鐘，凝視夜空中的星星。你會想到什麼呢？那一瞬間的感覺，就是春節帶給人的禮物。

讀你

嚮往蔡琴的「跑路天使」就是因爲其中的那首〈讀你〉，而〈讀你〉對我，猶如王菲的〈矜持〉一樣，標誌著生命中很重要的一段時間。

那是某一年的最後一天，北京的冬季冰天雪地。那時我已經將近一年沒有跟Y聯繫了，但是心裡仍然不能完全放下。隔著自己也不知道的距離牽掛一個人，這樣的心情讓我筋疲力盡。答應了高中同學去他家跨年，所以夜裡十一點的時候騎腳踏車出門。夜風刀一般吹在臉上，耳機裡是第一次聽到的〈讀你〉，好像是費翔的演繹。當旋律和歌詞令我忘卻了寒冷的時候，BP機響起，號碼顯示是我以爲再也不會聯繫了的Y！

當天的跨年我們是一起去我同學家過的，從那以後，我們又重新在一起了，起點正好是新的一年的新的一天。然後，就有了更多的時光流逝，更多的世事風雨，更多的相逢與重聚。

今天已經完全不知道Y在什麼地方了，但是那首〈讀你〉，仍然是我會爲之恍然失神的少數歌曲之一。

老友

一個已經認識十六年了的老朋友L，因公到台灣來，我們終於有機會見了一面：距離上一次見面，已經整整十年了。

老朋友的定義就是說：我們可以還剛剛聊得興致上來，卻發現不知不覺中，三個小時已經過去了。你覺得明明就沒有聊多少，怎麼就聊這麼久了呢？

L說我：講話的動作和神態都還沒有變。說實話，我也覺得他雖然已經不再年輕，但是性格脾氣也是依然故我。這時候才覺得，其實時間的威力也是有限的，我們抵抗改變的能力超乎自己想像；也許，道理也可以反過來說，就是說，也許是因爲時間的威力眞是太大了，我們以爲很漫長的十年，其實在整個時間的沿革中只是彈指一揮，我們當然都不會有什麼太大的變化。時間這樣流逝，樂觀的人大概要抓緊每一分鐘了吧？而悲觀的人，也許只能遁入空門了。如果有人問我，世界上什麼最強大？我一定說：時間最強大。對啊，一切都不在了的時候，時間也還是會依然存在，它才是唯一的眞正的永恆。

但是不管怎麼說，十年後的重逢，還是令人感慨萬千。讓我回家以後，一時還眞不知做什麼好。

平安夜

幾乎是第一次吧？過了一個不僅沒有雪，而且溫暖如春的平安夜。

夜深。聽阿桑的〈葉子〉。

對面的牆壁好白，白得好像腦子裡面的顏色。歌中說：「我一個人吃飯旅行到處走走停停，也一個人看書寫信自己對話談心。」能寫出這樣歌詞的人，也應當是有過類似的心境吧？否則，又何從體會呢？

愈來愈清醒，愈來愈難以自欺。只好打開收藏，靠給自己一個信心，一個遠方的亮點，來度過今夜。今夜，想起波士頓，應當是暴風雪的夜晚吧？那樣的冬天，大雪彌漫，寒冷而親切。多麼熟悉而遙遠的景象。

如果，每年在不同的地方過聖誕，應當是一場人生的連續劇吧？如果，每年的聖誕我們都專門記錄下自己的形成，二十年後拿出來裝訂成冊，翻閱以來又該感想如何呢？每一個節日的歡樂，都是生命的一個自我期許。我們人類，都是這樣哄著自己長大的。

於是想，生命已經走到了現在，眞的就不要再去斤斤計較歲月了。所以，我想，以後根本就不要過什麼生日了。讓時間證明自己，而不是自己來證明時間，不是會更快樂一些嗎？

臨風十問

1．是怎樣？

是怎樣才可以放棄呢？當我們知道應當放棄的時候。
是怎樣在植物盛開的水邊，搭建我們的房子？
是怎樣明明已經結束的夢想，又開始在路上奔跑？
是怎樣秋天的歌聲裡，竟然會有南方的味道？
是怎樣就不知不覺地長大了，在年紀還小的時候？
是怎樣拉開窗帘，卻看不見海岸線？
是怎樣凝視了這麼長時間，我們還能睜開眼睛？
是怎樣？

2．是什麼讓兩個人走在一起？

是什麼讓兩個人走在一起？應當是愛吧？可是，愛又是什麼呢？愛，要從精神與肉體兩個方面看。喜歡對方，願意跟對方談話，幾天不見會思念，與對方在一起感覺到快樂，這是精神層面上的。對方對自己有性愛的吸引力，喜歡與對方做愛，這是肉體方面的。要兩個方面都具備，才算是幸福的愛。

如果是這樣，愛恐怕眞的不會長久：談話總有話題說盡的時候，以後生活在一起思念也會平淡，近距離的接觸會增加摩擦；身體上的慾望就更不用提了，如果沒有道德上的甚至法律上的限制，誰不想有更多的性上的選擇呢？

如果愛不能持久，那麼，是什麼讓兩個人走在一起呢？

應當是孤獨吧？

不錯，你也可以說是感情，是親情，是友情，甚至是愛情。但是問題是：這些「情」的存在又是爲了什麼呢？

我想，人需要這些感情，是因爲人受不了孤獨。當人面對孤獨的時候，愛就是一種抵抗的方式。當你愛一個人的時候，其實你就已經投射了部分的自己在對方身上，這樣你才可以解除自己獨自生存的恐懼。那些把理想的家庭溫暖說成是：「下班回來家裡有人，週末一起出去吃飯逛街」的人，他們所嚮往的不就是有人陪伴嗎？海誓山盟的纏綿，癡心絕對的眷戀，不都是因爲生命中已經不敢再承受沒有對方的那種孤獨嗎？

愛，其實就是對孤獨的逃避。從人群的角度講，對國家和集體的愛，不也是一種對作爲個人的孤獨的逃避嗎？小到個人本身，也是要在愛與結合的儀式中，逃離孤獨的陰影。所以儘管我們與對方已經平淡如同朋友，儘管我們與對方已經不再有性上的熱烈追求，但是如果沒有對方，生活會更爲艱辛，因爲要自己面對孤獨。畢竟，重新選擇一個自己願意和他／她在一起的對方，其實是一件很難的事情。我們畢竟都是很敏感而挑剔的。

所以面對孤獨，選擇獨身的人只有兩種：一種是失敗者，他們找不到可以與自己一起抵抗孤獨的人；另一種是勝利者，他們終於戰勝了孤獨。

3．要受傷很難嗎？

人眞是太容易受傷了。

也許你都已經身經百戰，也許你早就看破紅塵。但是，幾乎可以在一個下午，你就會再次輸得丟盔卸甲。哪怕陽光是如此的溫和，冰冷的感受還是會從內心中升起，讓你一時不知身在何方。長久的無話可說之後，你只好苦笑，搖頭，轉身走開，然後說，對自己說：all right!

那些堅強，那些裝點好的淡然，一瞬間就可以被證明僅僅是虛張聲勢。其實我們的內心中，都有那麼一份恐懼。我們以爲自己已經可以跨越了，但是當大風迎面吹過來，我們還是有淚流下。那些以爲終於可以笑傲江湖的人，往往也是最眞誠的赤子。當眞相展露出來，他們的大敗而歸，更具有悲劇的壯美。彷彿緊握在手裡的春天，突然大雪彌漫，那樣的驚愕，幾乎是可以用血色來鋪張成背景的。

然而，我們依舊迎著風踉蹌前行。因爲畢竟，有些戰爭是注定會失敗的，但是我們還是義無反顧。

這個時候，我們只有用平靜來面對脆弱。只有平靜，才是真正的避難所。記得美國有個作曲家叫John Cage，就是搞了那個著名的《4'33"》的作品的那位，曾經說過：「The essential meaning of silence is the giving up of intention.」大意是說：「沉默的要義就是對動機的放棄。」

這讓我想起古龍的《七種武器》。七種武器裡面，最厲害的武器其實就是沒有武器。眞正的高手，已經不需要形式上的東西了。其實他也根本就不會再動武了。因爲他知道武功的終極目的，無非就是爲了平靜。那麼，平靜就好了，何必還要靠武功呢？

無論是宗教還是哲學，我覺得人類的思考，追求的都是平靜。平靜的境界到達以後，我們的周圍就是沉默。因爲說話這件事情，屆時就已經沒有意義了。我不是說我們大家都應當做個啞巴，但是該說的普通的話和那些廢話還是有區別的。基本上，我覺得所有的爭論都是廢話。只是在這個世界上，有的時候，廢話有其一定的社會效益，所以我們還是會放棄沉默，否則，我才懶得說那些有的沒的呢！因爲，當我們放棄的intention的時候，我們還有什麼可以說的呢？

4．所謂鄉愁，是什麼呢？

今天隨便翻閱新一期《誠品好讀》，看到一篇寫Amhearst的遊記的文章，是介紹當地名人，美國著名女詩人艾蜜莉的。

開始還沒有覺得有什麼，可是當讀到艾蜜莉的一首詩的部分：

There's a certain slant of light
Winter afternoon,
That oppresses, like the heft
Of cathedral tunes

我卻居然，忽然，無法自抑地想念起波士頓來了。

是我自己決定離開居住了六年的波士頓的，因爲實在是受夠了那裡冬天的嚴寒了。走的時候我還想，終於。但是詩中描寫到的冬日黃昏，那種光線，卻讓我感到是那麼的親切。畢竟，一個住了那麼久的地方，而且，其實眞是很美的地方，怎麼可能讓人不想念呢？

美好的東西，都是當我們擁有的時候我們沒有辦法珍惜；只有當我們失去的時候，我們才會想念。如果想念也是一種精神享受的話，失去還算是有其意義的吧？就好像離開畫面一些距離，我們才能更清楚畫的精緻一樣，遠離故鄉，我們才可以有思念。

然而，所謂鄉愁，一定要是一個與空間有關的東西嗎？

鄉愁首先應當與文化有關係吧？好比一個城市，儘管我生於斯長於斯，但是長久不歸，它已經面目全非了，甚至已經與我的價值體系南轅北轍，這時我該如何放置我的鄉愁呢？我見了好幾位很有成就的長輩，完全可以衣錦還鄉的他們，卻寧願在異國做少數族群。他們的選擇常常讓我深思。

其實我們想念的，往往不是單純的一個故鄉，而是在記憶背景之下的故鄉。離開了記憶，離開了與自己生命息息相關的某些密碼，那塊土地只是一個自然意義上的空間而已。當那個空間已經無法連接我們的生命密碼的時候，它也就不再是故鄉了。

像我這樣經常在世界各地跑來跑去的人，已經習慣了這樣的時空突變；可是，也會在瞬間驀然心驚。不是爲了生活的旋轉，只是偶爾，會在新的踏足的地方試圖找出一些似曾相識的感覺。而往往，卻只有深深的無奈與失望。所以我覺得，所謂鄉愁，其實是對時間的眷戀。是我們生命中最美好的記憶，藉助某個空間存在，讓我們深夜輾轉，面對星空沉默。

就像每次去台灣，都要在東京轉機。在二到四個小時的候機時間裡，我都會到shower room裡花十美元買一個小時的寧靜。算一算，在那間小小的旅館裡面已經度過有六、七個小時了。如果要說過客的居所，沒有比這個小小的空間更貼切的了。因此，我會有一種很奇怪的感覺，好像，這個小小的空間，成了旅程中的家：經歷的地方各有不同，但是，這個房間，每一次都一樣，彷彿提醒我有一些東西還是可以永恆的。

這個房間，還像是一個相片的洗印暗房。在多少風雨雷雪之後，在眼看無數次花開日落之後，在閱盡笑語悲歌之後，我都回歸在房間裡的狹小的寧靜中，讓記憶依次沉澱，更清晰但更冷靜地呈現在相片般的腦海中。

這樣想來，所謂鄉愁，應當是沒有空間意義的吧？

5．要多久才能寫一首詩呢？

記得在波士頓的時候，最常聽到的一句話就是：「好久沒有寫詩了。」那是一個好朋友的口頭禪。我還笑他說，一定是女朋友太多，佔了他的時間。可是想一想自己，才突然發現，其實我也不知道自己，能多久才寫一首詩？前天在台中，遇到少年時抄寫他詩歌的老詩人吳晟。前輩問我：「爲什麼現在詩寫得少了？」害我一時無言以對。面對這些創作生命延續一生的詩人，我只能再次確認，自己不是專業詩人的料。

寫詩的高峰期居然是在監獄中的時候。那時大概眞的空閒的時間很多吧，而且只能靠想像塡補生活的空虛，所以想得特別多，所以平均三天就是一首。現在不想那麼多了，現在生活本身已經大於想像，所以，詩歌的意義似乎也縮減了。只有，只有在眞的又受到衝擊或傷害的時候，才想起回到詩歌的世界裡，找尋一些屬於自己的祕密作爲排遣。但是人生到了一個階段，你會突然發現自己已經刀槍不入。倒不是可以一切遂心如意，只是至少已經可以淡然面對。而情緒，這個詩歌的觸媒，也更是愈來愈少了。這種成長，居然拉了寫詩的心情作為代價，不知道是一種收穫還是一種失去？

所以有時候就會情不自禁地想，是不是寫詩跟年齡也有關係呢？胡平老哥說過：「三十五歲以前寫詩的不算詩人，三十五歲以後還能寫詩的才是詩人。」我今年三十五歲！真想問問胡平：「你說誰呢?!」

但是想像，好像也已經沒有了沮喪，更不會強迫自己「辛勤筆耕」之類的。因為，有一樣東西已經悄悄地在心中取代了衝動，那就是對自己的寬容。

我一直覺得，要講寬容，首先是寬容自己。這個道理很簡單，如果你連自己都不寬容，鬼才相信你會寬容別人。寬容自己，還有一個道理，那就是說，是人都會犯錯誤；假如連錯誤都不敢犯，這個人生，就實在太沉重。所以寬容就顯得極為重要，因為它可以讓人生更輕鬆，更放得開。連帶來說，社會氣氛都會清明。

寬容自己，首先是不要強迫自己做自己不喜歡的事。「壓抑」這種行為，短期看也許有利，但長期看卻造成更重的傷害。然後是不要對自己過於苛刻，因爲愈強求的東西，其實反而愈得不到。能做到這兩點，就是眞正的看開了。

所以，如果眞的已經寫不出詩，就寫不出吧。

6．冷靜是一種悲哀嗎？

今夜的風有些大，窗口都聽得到噗噗的聲音。這讓我想起那年的冬天，我們在名爲「袋鼠」的地下室喝咖啡的時候。已經那麼久遠了嗎？爲什麼想起來自己都不禁苦笑？你那天打電話說你要結婚了，知道我爲什麼無言以對嗎？因爲記憶總是需要載體的，可是我們的載體在哪裡？時間不要跟我們妥協，我們難道就眞的要投降嗎？

今夜的風有些大，聲音好親切。

曾經幻想過自己可以很冷靜，面對困擾的時候可以維持理智，正面現實，解決問題。覺得這是一種很成熟的表現。

現在，活到我這個年紀，我眞的可以冷靜了。出去演講的時候，面對掌聲和蜂擁而上的要求簽名的聽眾，我知道其實他們大多數只是好奇；如果有什麼無法克服的挑戰，我知道不用慌張，時間會淡化危機。我知道當你愛上一個人，而那個人又不可能愛你的時候，你必須知道放棄。

因爲，世界上最大的魔法師就是時間吧！我想。

往往，你覺得根本不可能解決的麻煩，其實時間久了也就那麼一回事了。當初你爲之激動、擔心、苦惱、難過，你以爲生活就此即將終結的那些，經過一段時間，跟風吹過的水面一樣，其實也就是很平靜。或者，那些你覺得已經金剛不壞的人，經過了很久以後，卻也會在一個星星很多的晚上酩酊大醉，你會想：「他明明就已經都經歷過了啊。」其實，都是時間惹的禍了啦。

那些偉大領袖們，誰能戰勝時間？那些風花雪月的事情，又有什麼是可以獨自享受的呢？久了以後，就是這樣了。

這樣想，應當算很冷靜了吧？

可是，冷靜，是不是眞的是一種悲哀呢？

7・可以讓白天變成黑夜一次嗎？

不知道你嘗試過這種感覺沒有：在陽光普照的星期四上午，拉上厚重的窗帘，合上雙層的玻璃，打開枱燈，點上線香，室內一片昏黃一片寂靜。爲什麼不試試看呢：就這樣讓白天變成黑夜一次。

我們的世界太循規蹈矩了，白天就是白天，黑夜就是黑夜。爲什麼不試試看讓它顛倒一下呢？看過台灣海洋文學作家廖鴻基說過的一段話：「我從小時候就常常想一個問題：我們的生命是不是就一定要按照父母或這個世界所給的一個規矩和軌道去走？生命是不是有其他發展的可能？這樣的一個念頭後來促使我到海洋去工作，放棄陸地上我在三十四歲以前建立的基礎，尋找另一個新的領域。」這段平白的話讓我非常感動。也許，嘗試的結果是放棄，那麼也好啊，至少我們追求過更多的可能。幹什麼那麼在乎結果呢？我們走過，走得一路開心，這個不是比什麼都重要嗎？

雖然我們不能讓黑夜變成白天，但是畢竟，我們可以就暫時，讓白天變成黑夜。去體會一個不一樣的白天：別人的喧囂是我的沉靜，別人的忙碌是我的凝滯，別人的世界是我的想像。

更多地開發生活的面相，就是我們能給自己的最好的照料。

8．真的有那麼不滿意嗎？

經常聽到這樣的陳述：「喜歡某種音樂，因爲在這樣的音樂中可以忘掉煩惱。」或者：「喜歡到森林裡漫步，因爲可以遠離塵囂。」說得好像這個塵世有很多苦悶在折磨人類，大家都嘛活得很不開心，所以才需要音樂啦，旅行啦，森林啦之類的，來一解生活中的不開心。

重點是：大家對生活，眞的有那麼不滿意嗎？

看了那麼多哀怨，那麼多感嘆，也沒有看到誰就因而自殺。那些多愁善感的文人們，其實整天也是笑咪咪的。大家經常抱怨的，其實大家也都承受著。不是沒有苦難，而是我覺得人類的承受能力還滿強的，什麼都可以挺得過去。那些不滿意，就因而顯得有些牽強。

就好像孤獨，聽起來很可怕，但是那未嘗不是另一種幸福吧。孤獨本身就是一種自由，所以才有那麼多的人很希望在生活中能給自己留下孤獨的空間，他們，應當也是熱愛自由的人。而熱愛自由的人，往往也會比較孤獨。因爲那些喜歡集體的人，如果不是小朋友，就是願意爲了安全放棄部分自由的人；要知道，集體這個東西，就是對自由最大的威脅。所以不要以爲孤獨的人是悲傷的，他們也會因爲有自由而擁有快樂。

不信，大家今天可以捫心自問；你的生活，眞的有那麼灰暗嗎？

9．很多幸福都是偶然吧？

當春風吹拂上臉龐，腳下的泥土都鬆軟了。朋友打電話來，說：「很久沒有跑步了，突然興致大發跑了一會兒，然後才想起來，原來今天是驚蟄——嗨，你說我湊什麼熱鬧啊?!」我大笑。大笑？好久，好久，沒有這樣了。

當春風吹拂上臉龐，院子裡牆角下已經堆了長城一般的酒瓶。趁著週末的時間，喊來街上收破爛的某某，幾乎是瞬間，世界膨脹了一點點。可是，對著新的空間，我卻忽然有些迷失：那些沉醉在雪夜與路燈下的日子，就這樣在風中遠去了嗎？爲什麼我的耳邊，彷彿還聽得到自己的歌聲？

當春風吹拂上臉龐，終於收到沒有落款的來信。積蓄了一個冬天的信封，只好讓它隨風而去了。新的季節，我們好像換了新的袈裟的和尚，我們看起來精神煥發。記住，只是「看起來」哦。

其實，很多幸福應當都是偶然吧？

因爲，幸福這個東西，我現在終於承認了，你愈是刻意去追尋，愈是不可能得到。所以我一個朋友的愛情原則就是：不去追，只是等。想一想，也是滿有道理的。所謂緣分，講的就是這個道理。

但是，當你完全放空自己的時候，就是李慕白講的：「鬆開雙手，就擁有一切。」那時，幸福就會翩然而至。

10．凌晨三點，是我們重新出發的時候嗎？

居然，就這樣，凌晨三點的深夜，打開窗帘，外面赫然已經是洛杉磯的夜色了。

像我這樣經常在世界各地跑來跑去的人，已經習慣了這樣的時空突變；可是，也會在瞬間驀然心驚。不是爲了生活的旋轉，只是偶爾，會在新的踏足的地方試圖找出一些似曾相識的感覺。而往往，卻只有深深的無奈與失望。

就好像從來沒有去過越南——老實說，至少是目前，也沒有去的打算。但是，隨便翻一本雜誌，看到一幅河內街頭的照片，卻突然覺得有些悵然若失。

其實就是一個普通的門樓，在河內的街頭，卻散發出濃厚的那種氣息。它靜靜的立在那裡，不經意地走過，不會留下任何印象。但是在某一個瞬間，在繁華喧囂的沉澱層，卻會有這樣的建築讓人不是眼睛一亮，而是心中一動。也許就是這樣的一眼，以後再也不會有機會重見；也許心動的原因只是自己的心情，另外的心情下就不會有什麼感覺了。但是，至少是此時此刻，我忽然對河內有一種親切感——心貼近一座城市，往往只是因爲一個小小的斑點。

如此說來，現在，深夜三點的時刻，是我們重新出發的時候嗎？

夢

我完全沒有想到，當你的臉被映得通紅的時候，我會在滿身大汗中醒來。忘了關窗戶，絲絲的夜風在屋內逡巡。已經是深夜，仍有人在街上喧譁，車燈偶爾讓屋內明暗一下，而我剛從夢中走出來，忽然感到來到了另一個世界。

你有沒有問過我會不會遠行，剩下你一個人枯坐家中？我完全記不得了——我是一個無法記住夢境的人。但除了這一點，這一次的夢竟會如此清晰，這讓我像一個失去了記憶的人，已經無所謂現實與夢境了。

可終於有一些東西是可以確定的：你的臉，你執著的眼神，你一襲在風中獵獵飄舞的白衫，還有你，以及我錐心的疼痛。我記得你在無邊的風中沉默地哭泣，淚水在黑暗裡如星光般閃爍。你緩緩走過來，一地的蟬聲紛紛走避。你的聲音像螢火蟲的飛行軌跡，我居然還記得你說：「難得有這樣的夜風，你要不要去走一走？」

要不要走一走呢？我在夜色的掩護下神色倉皇，用左手緊緊握住右手，指甲在虎口處掐出一條血痕。很奇怪即使在夢中也會如此清醒，知道自己不可能再重新走上一條不歸之路。雖然明明知道夢境也與現實一樣，處處是令人無從迴避的陷阱。於是我聽見自己的聲音在風中無力地顫抖，像遠處山腳下那忽明忽暗的燈光：「當然，只要是跟你在一起……」

這時你的眼眶一瞬間紅了起來。你目光游離，但淚水彌漫。周圍的世界開始模糊，你彷彿又回到以前眾人的包圍與呵護之間。在萬千關愛的眼神裡，你冷峻一如我認識你的時候──那個飄雪的春天，你還不了解什麼叫作冷峻──你拒絕了所有人的接近而轉身向我。你拉住我的手的時候，雙頰如沼澤中的野火一般明亮。

……

然後我就醒來了。然後我在床上坐起來，尖刀般切入眼前的黑暗。也許這已經不再是山間蟬聲大作那時的夜晚，沒有汗水，也沒有淚水，沒有任何液體從我的身體滲出；然而畢竟，一樣地伸手不見五指。

涼風沁入，我伸手拉過一條毛毯，沒有勇氣去看牆上的時鐘——因爲我對無助的期待有著與生俱來的恐懼。我一絲一縷地感覺到你的離開，它讓寒意侵入我的目光，使我盯住牆壁的眼神無比冰涼。而我的心中充滿感謝——哪怕我一時還找不到感激的對象。因爲至少我還曾經再一次感受你冰涼的五指，哪怕這只是在夢中。

我就這樣靠在牆上，一直到陽光刺痛我的雙眼。

卷四

生命的雨聲

每個人都渴望過經歷愛情的極致，體驗愛情對生命的錘鍊。

生命與愛情的極致：

——再讀《蒙馬特遺書》

「我很複雜，卻也很清澈；我的心思很深沉，但我的愛慾卻已純淨，這也是我最美的，叫我與眾不同，在人群中閃閃發光之處。」

——邱妙津《蒙馬特遺書》

一九九五年四月二十七日，邱妙津在法國巴黎自殺。那時我在北京，身處另一場災難的邊緣而渾然不知——一個月後我就入獄了。生活就是這樣的無常。會不會是這種無常，讓我仰慕邱妙津的《蒙馬特遺書》呢？或者，我們是同齡人，而她曾經是《新新聞》的記者，而我曾經爲《新新聞》寫過兩年的專欄，這也算是一些瓜葛呢？總之，《蒙馬特遺書》在我的閱讀生活中已經佔據了不可動搖的地位。在她的文字中，我感到一種隱祕的互動。

大概是我說太多次我喜歡邱妙津的《蒙馬特遺書》了，「印刻」準備出邱妙津專輯，編輯找上我，讓我寫一篇文章談讀此書的感想。本來是應當婉言謝絕的，因爲現在自己的處境好像沒有辦法靜下來認眞寫一篇需要感情投入的文字。可是，就怎麼也沒有說出一個「不」字，就硬生生地答應了，只是因爲邱妙津。算是一種尊敬吧？對她堅持捍衛自己的夢想的尊敬，對她的全心投入愛情的尊敬，對一個用生命書寫的作家的尊敬。出於尊敬，我答應了這個邀稿。可是，關於邱妙津，應當寫一些什麼呢？

有些人是不相識也可以相知的。正如有些人，不見面也可以對話。對於我來說，邱妙津就是這樣的人。雖然我完全沒有機會見到她本人，其實對她的眞實生活也沒有什麼了解。但是這個人，是讓我初一接觸就感受到內心觸動的。大部分人面對一個作家，是從他／她的作品入手，我讀邱妙津，卻是從她這個人入手。記得多年以前的一個秋天在洛杉磯，聽一位朋友講起邱妙津的死，那種決絕與慘烈，那種淒美的冷靜，讓我內心震撼。很快找來《蒙馬特遺書》，從此進入邱妙津的世界。這樣的閱讀路徑其實很符合邱妙津的書，因爲在她的作品裡面，作者本人與作品本來就是同體的兩面。別人寫作是在「做」一件作品，她寫作是在「成爲」一個人。

假如說《蒙馬特遺書》是漂流在河面上的浮木的話，愛情這個主題就是水面之上的枝葉，而另一個主題——生命——則是潛沉在水中的樹幹。兩個主題——枝葉與樹幹——其實是一體，是同樣一塊浮木。這是我再讀《蒙馬特遺書》的最大感想：在邱妙津那裡，愛情就是生命，生命就是愛情。她最後的人生選擇，就是用死亡達成生命與愛情的極致。

關於打動

到達極致境界的文字，展現的是一種打動的力量，一種對讀者內心的打動。邱妙津的文字打動人，就在於那麼眞切地呈現自己的內心，而這，本來就是文字的魅力所在。我們有太多的作家，在書寫的時候心裡是清醒而縝密的，他們編織情節，組織詞句，他們引導讀者的興趣，創造虛擬的愛情，當作一種書寫的快樂和勞動的收穫。我們可以在他們的作品中得到很多閱讀的快樂，但是，是否會感動呢？內心是否會受到打動呢？就是另一個問題了。因爲作者自己的內心我們並不能從她／他的文字中感受到。

人生有很多困難，其中一種就是：當你脆弱、悲傷，幾乎崩潰的時候，你不想有別人看到這種絕境，但同時又想有人可以分享。這種時刻，往往只有文字，不是面對面，而是透過文字的心與心的交流，才可以解決這種困境。這就是邱妙津的書打動我的原因。從一開始，我就感到了這種親近。

起初打動我的是邱妙津的絕望。從第一頁開始，我就感受到這種打動。尤其是當一齣悲劇不是從人開始，而是從一隻死去的兔子開始的時候。當她那麼無助地喊出「世界不要再互相傷害了，好不好」的時候，內心的沉痛一瀉而出，這種噴薄，令人心悸、心痛。而當她走出絕望，平靜地選擇死亡的時候，那種平靜更是深深打動了我。而讀者是需要被打動的。因爲在這個世界上，有那麼多的事情是我們感銘在心而無從表達的，這種時刻，如果發現有別人的敘述正好符合自己的心境，那種寂寞心靈得到的溫暖會如同寒冷時的爐火，照亮我們的生命。一些眞誠的心靈交流就是這種光明，這種光明不是爲了照亮世界，而是爲了照亮個人。

關於愛情與生命

每個人都渴望過經歷愛情的極致，體驗愛情對生命的錘鍊。但是沒有人像邱妙津這樣愛得深沉、凝練。從輕津到絮，從玄玄到小詠，一直到法國階段的Laurence，每一個她都曾經刻骨銘心過，也熱情給予過。我想她曾經這樣愛過，離開人世的時候應當是驕傲而幸福的，因爲畢竟沒有幾個人能這樣面對愛情的。全部《蒙馬特遺書》，其實沒有什麼連貫的故事情結，嚴格地講，甚至不能算是小說——雖然它後來贏得的是小說類的大獎。但是正如邱妙津自己所說，這本書是「炙熱的愛之文字」。當輕津問她：「爲什麼還要給一個不值得妳愛的人寫信？」的時候，邱妙津的回答解釋了本書的宗旨：「或許跟這個人無關，是爲了我自己的愛。」（P49）不靠創作形式，不靠精心編織的情結，只靠內心的力量形諸文字，這才是文學的經典。

令邱妙津更能打動人的地方在於她對生命和愛情的關係的解讀。《蒙馬特遺書》中，生命與愛情是兩個相互關聯的主題。重點在於相互關聯。因爲平時，誰會認眞地在思考愛情的時候想到生命，而在思考生命的時候想到愛情呢？而在邱妙津看來，愛情就是生命的內容，生命就是愛情的形式，她對絮說：「你的內在生命是與我所共生出來的，除非你要完全封閉它，完全閹割它，否則那部分除了我之外，沒有人能再滿足它。它會一直在那兒渴望與我溝通。只要我的生命還存在，它都會渴望聽到我的聲音，渴望聽到我的精神生命所流出的音樂。」（P27）大家都是把愛情看作生命中的一部分，除了愛情之外，我們還有工作，享受，還有野心甚至政治。但是在邱妙津那裡，生命已經與愛情融爲一體，她是從解讀生命這個角度切入去看愛情的意義，把愛情當作是她的生命了。這也就難怪，當她發現愛情已經逝去的時候，她覺得生命也要中止了。因爲她追尋的愛情與生命的相互輝映，她忍受不了生命中沒有愛情。

對生命與愛情這樣的理解，可以說把生命和愛情都帶到了極致。因爲邱妙津曾經體驗過這種極致——這一點從她的文字中可以強烈感受到，所以當她發現已經不可能再得到更高的境界了的時候，她只有放棄人生，因爲她不想後退。這讓我想起一九八九年臥軌自殺的大陸詩人海子：我至今仍然相信，他是因爲感覺無法創作出比他已經有的作品更高水準的詩，才決定輕生的。這類人，他們只能接受極致的東西，從來不想妥協。

關於死亡

對於自殺者，我們從來都是萬分的惋惜，遺憾他們不能自我疏解，一時想不開而走上絕路。但是問題眞是如此簡單，使得我們可以輕易地評估死亡對於自殺者的意義嗎？我相信，邱妙津的自殺不是一時想不開的結果，恰恰相反，正是眞正想開了的結果。這個一路從北一女到台大心理系讀上來，曾經在張老師輔導中心擔任過輔導員的才女，這個在自殺之前把死亡的動機和意義用了長達一本書的篇幅反覆地進行過具備哲學思辯性質的陳述的人，眞的可能是一時想不開嗎？

不，我不相信。我寧願相信另一個版本，那就是說，邱妙津是用自己的死亡作爲一種藝術創作，視爲自己的新的作品，一個可以高度展現生命價值與意義的作品。她的死的選擇是爲了豐富她的生命。當她力求在愛情中追尋生命的價値努力宣告失敗以後，她並沒有絕望，而是以死亡作爲再生的工具，開始對生命意義的新的探尋。她說：「我決定要自殺……因爲是爲了追求關於我生命終極的意義，是爲了徹底擔負起我所領悟的關於人與人之間的美好的責任。」（P142）這其實也是她寫《蒙馬特遺書》的原因。

顯然，她的死不是出於絕望，而是出於新的希望。當然，我們可能不同意或者不認同她的這種選擇。但是作爲愛她的人，我們應當爲她感到欣慰。死亡，如果是她深思熟慮的結果，就應當得到人們的尊敬。

關於《蒙馬特遺書》，我還能說一些什麼呢？大部分的理解與感動都不是可以清晰表達的吧？因爲畢竟，觸及內心與情感的東西往往本身就是面目模糊的。我只能說，我愛邱妙津的這部《蒙馬特遺書》，其原因正如她自己所說：「這不會是一部偉大的作品，但卻會是一個年輕人在生命某個很小的部門上深邃、高密度的挖掘，一部很純粹的作品。」（P108—109）是的，我根本就不喜歡那些偉大的作品，作爲讀者，我索取的就是這樣的一部純粹的作品。

革命者的悲劇

——《革命前夕的摩托車之旅》讀後記

對切．格瓦拉產生興趣是在二〇〇〇年，那年的四月，由大陸一批「新左派」知識分子張廣天、黃紀蘇等主創的史詩劇《切．格瓦拉》在北京上演，在知識界引起轟動。圍繞該劇表現出的對中國社會與政治的折射意義，自由主義與「新左派」兩造展開激烈論戰。二〇〇一年三月十九日出刊的《新聞周刊》曾經評論說：「這齣戲直指腐敗、貧富不均等社會現實，提出了一個古老的命題：革命。語言極具鼓動、諷刺功能。一些觀眾因此而癡迷，另一些人幾乎憤然離席。」我自己在大陸的很多朋友也都捲進這場論戰，因此給我留下深刻印象。

所以，對切．格瓦拉的了解，從一開始就是與「拉丁美洲革命英雄」聯繫在一起的。他那句名言：「我想，革命是不朽的。」幾乎已經成了他自身的符號。

多年來，格瓦拉的形象遍及全球，也無不是與游擊隊、暴力、革命和左派等字樣連結在一起。當時我就想過，如果僅僅是一個政治意義上的符號，格瓦拉怎麼可能成爲這樣具有象徵意義的人物？他的巨大的魅力，一定有一些是超越枯燥的政治範疇的。否則，他的傳奇經歷散發出的神祕色彩從何而來呢？

大塊出版社一九九七年出版，如今配合同名電影再度推出的《革命前夕的摩托車之旅》在某種程度上解答了我的疑問。

一九五一年格瓦拉與好友阿爾貝托漫遊拉美，八個月內走了五個國家：智利、玻利維亞、祕魯、哥倫比亞和委內瑞拉。本書，實際上就是這次旅行的紀錄。在這本旅行手記中，我們看到了一個不一樣的格瓦拉，一個浪漫、多情，具備文學素養和人道主義情懷的格瓦拉，一個與革命者應當有的那種冷酷、堅毅，一絲不苟的形象有出入的格瓦拉，一個頗具幽默感的格瓦拉。他記錄下了沿途的風土人情和如畫的風景，也記錄下了第一次接觸底層社會後內心的感受。這時的格瓦拉還沒有準備好走上革命的道路，但是革命者的氣質已經開始顯露出來。而最令我回味的，就是這種早期革命者的氣質。

從這本手記反映出的青年時期的格瓦拉的氣質，連繫到以後他的革命歷程，以及最後悲壯的犧牲。在他的身上，在閱讀這本手記的時候，我所看到是濃厚深沉的悲劇色彩。

作爲一個革命者的格瓦拉，他的悲劇性表現在四重衝突上：

第一，是革命與夢想的衝突。格瓦拉是一個夢想家，他說：「我是個夢想家，嚮往無拘無束的生活。」（P21）夢想也是一個革命者基本的素質，因爲沒有對烏托邦的夢想，就不會有革命的動力。問題在於，夢想破滅之後，接下來的是什麼？革命是與夢想聯繫在一起的，但是革命的困境也就在這裡。對於革命者來說，夢想破滅是一種宿命，多少年輕的生命都曾經經歷過夢想破滅之後的幻滅。大陸的所謂「老三屆」知識青年，當年帶著滿腔的熱情與忠貞追隨毛澤東發起「文化大革命」，當他們的利用價值所剩無幾，於是被下放到農村之後，他們才逐漸意識到夢想與現實的距離，那種沉重的幻滅是刻骨銘心的。當格瓦拉的夢想面對資本主義席捲全球，勢不可擋，而他的游擊戰爭並不能解決世界上的不公正的時候，我們看到的格瓦拉，難道不是一個悲劇人物嗎？

第二，是革命與政治的衝突。革命，基本上是一種理念支撐的浪漫主義衝動，一種以情緒爲出發點的社會運動。但是政治需要的是計算，是妥協，是失信，是殘酷，是功利主義。這根本上就是兩種不同調性的行爲。但是，革命又是與政治無法分割的，而且，革命的結局往往就是政治。政治的運作結果，就是對革命的吞噬。也就是說，革命生下了政治，政治則反噬了革命。這不也是一種悲劇嗎？格瓦拉與卡斯楚並肩戰鬥，取得了古巴革命的成功，並且擔任了國家銀行行長。但是天生就是革命者的他，最終無法接受不再革命的命運，於一九六五年四月一日，給卡斯楚留下一封告別信之後，悄悄離開古巴，重新開始游擊戰士的生涯。他出任銀行行長的時候卻想廢除貨幣，想用強迫「義務」勞動的方式發展經濟，這種政策被他的戰友們糾正，這也是他離開古巴的重要原因之一。最後，在處境最艱難的時刻，格瓦拉在玻利維亞試圖發動農民參加他的游擊隊伍，卻遭到農民的拒絕。他可以說是在完全孤立的狀態下被抓到和犧牲的。他離開了政治，重新回歸革命，但是面對的是失敗和死亡。

第三，是革命與浪漫的衝突。格瓦拉是一個天性浪漫的人，在手記中他這樣描寫看到的海洋：「一輪滿月把千萬道銀光灑落在波浪之上……大海是一個胸腹之交，它會傾聽我訴說的一切，而不會洩漏一字一句；在我有需要時，它也會向我提出忠告。」這樣的文字，反映出的是一個敏感、多情，甚至有一些孤獨自閉的文學青年的內心世界。這樣的浪漫，與革命所面對、所必須承擔的艱苦與絕望怎麼可能相容呢？作爲一個革命者，只有泯滅掉一些內心的本性，完成作爲孤獨的個人向集體中的成員的轉換，才可能適應革命的生活與環境。這種泯滅，不也是一種悲劇嗎？

第四，是革命與人道主義的衝突。在書中，我們可以感受到作爲一個初入社會的青年，一個醫學系大學生的心中，那種質樸的鮮活的人道主義情懷。在照料了一位患有氣喘病的老夫人之後，格瓦拉寫道：「在這些沒有明天的人身上，我們可以具體而微地窺見了全世界無產者所經受的深重苦難。」Walter Salles執導的同名影片中，對格瓦拉的人道主義情懷也給予了最充分的挖掘和展示。問題在於，革命往往是與人道主義相衝突的。雨果在《九三年》裡曾經描寫過這樣的衝突：當革命者與自己的親叔叔對峙的時候，親情和正義，到底選擇哪一個？雨果的回答是：「在絕對正確的革命之上，是絕對正確的人道主義。」但是，對於那些無法像雨果一樣看待革命與人道主義的衝突的革命者來說，這種衝突就會是悲劇的開始。而格瓦拉的游擊生涯，實際上也面對著這種悲劇的痛苦。

顯然，在《革命前夕的摩托車之旅》中，我們看到的是一個還沒有進入革命狀態的革命者格瓦拉。如果僅僅看這本手記，我們感受不到任何悲劇意義，但是我們畢竟已經成了歷史的閱讀者，這一份閱讀之後的心情，就只能用一份沉重來表達了。

不管怎麼說，我對格瓦拉還是充滿敬仰的，因爲儘管背負了濃厚的悲劇色彩，他畢竟還是一個眞正的革命者，雖然這「眞正」二字成了他的悲劇的根源。也許，格瓦拉是最後的革命者了。

重溫「春光乍洩」

對我來說「春光乍洩」不僅僅是一部電影，它也是我人生中一座界標。是因爲「春光乍洩」我才發現了皮亞佐拉的音樂；也是因爲「春光乍洩」我才一直在做一個去阿根廷，在布宜諾斯艾利斯深夜的街頭蹣跚，在潘帕斯草原和安第斯山脈與隨身聽相依爲命的夢的。

一個人在家看從台灣帶回來的「攝氏零度．春光再現」VCD，彷彿又回到當初一頭栽入「春光乍洩」的情景。

在攝氏零度的土地上
沒有方向
不分晝夜
無論冷暖

我逐漸了解放逐的滋味。

這是典型的王家衛風格。沒有情節，一切隨感覺走。看別人的電影是看情節，但看王家衛，則是看攝影、「看」音樂、看色彩、看剪接，看由這些元素而不是由故事編織出的心情，他的電影是飄忽的，但也正因爲如此，留下了大片的空白讓觀眾可以根據自己的心情去塡補，這是不是他成功的祕訣呢？

王家衛說，「電影來自生活」，我想他的意思是說，生活其實就是一些心情的拼貼，其中還有一些對神祕的嚮往。在「春光乍洩」中，眞正寫到兩位男主人翁——張國榮與梁朝偉——做愛的部分其實很少，但是那一種性感的氣息卻在阿根廷的夜風中，在皮亞佐拉的手風琴聲中四處瀰漫，能把性愛做這種神祕的處理，這只能用天賦來解釋了。

更神祕的是，如此小資的王家衛，仍能創造巨大的商業價値，眞令人瞠目結舌。也許，在殘酷的現實中，也會露出一絲柔情的光芒吧？這個世界，誰知道呢？

在生命與記憶的戰場裡殺進殺出

「我想抵抗一種快速進行的，抵抗一種企圖理解的，抵抗一次性。讓最好的時光停駐，允許變形，接受詮釋。哪怕隱藏其中，仍無法抵抗消費形態，無法抵抗漸漸馴化的敘述系統，無法抵抗愛欲的舔舐，像一隻螞蟻從腳心往上爬攀。無法抵抗，詩裡的眞實就這樣才無可避免地變成了偏執。」

上面這番告白，出自台灣生於一九七六年的所謂「六年級生」詩人孫梓評爲他自己將於今年十月出版的新詩集《法蘭克學派》所寫的自序，從中我們可以看到孫梓評對詩歌創作之意義的領悟。舉凡抵抗、無從抵抗、抵抗與無法抵抗之間的掙扎，還有「讓時光停駐」的原理，以及對生活的新的詮釋，這正是台灣詩壇近幾十年來致力於呈現的基本面貌，從羅智成到孫梓評極爲推崇的夏宇，從陳克華到鯨向海，在紛繁撩亂的形式的面具下我們可以梳理出的正是這樣一條，以詩作為生存方式的線索。

梓評是我的好友。今年夏天在台灣的時候，我與另一位「六年級生」新銳作家張維中一起去花蓮找正在東華大學閉門讀書的他度假，讓我有機會對他有了更深入的了解，也更覺得有必要向文學圈的朋友推薦他的詩，而最能引起我共鳴的就是上面他那番對「以詩歌抵抗」的闡釋。因為在我看來，以詩歌詮釋生存本身就是一種創造，在創造中我們找到了留住記憶的魔法，我們用語言作為符咒，去抵抗那些在別人看來勢不可擋的力量。每個人有每個人不同的活法，我們的活法就是在生命與記憶互相搏鬥的戰場裡殺進殺出。

這種活法很多人都會採納，但如何進行得精湛深刻則端賴於駕馭語言與意象的技巧。馬克・肖勒說過：「內容（經驗）與完成的內容（或藝術）之間的差距就是技巧。」而梓評的詩的長處，就在於他對這種差距的把握。他的文字——詩的語言——並不晦澀離奇，但他的陳述又絕不平白直敘，他在經驗與藝術之間。找到了一個平衡點，以此穩定住了作為讀者的情緒。在經驗與藝術之間，梓評用文字搭起一條模模糊糊的巷道，我們就是在遊走於巷道之中的時候，眞實地體味那種感動的。請看他這首〈餘味〉；「有些花朵，已燃燒過／如今盛開著殘忍的熱／在香味的舊徑裡／影子越埋越深／入口在哪裡？　錯失之後／也只有憑藉一些想像的微末／去勾引情節／如果向枯萎的臉澆水／或能蔓生一朵淡淡的微笑／那笑，同時宣布了眼淚。」

當詩歌不再僅僅是文學創作，而是一種內心世界的展現與構造時，它的作者才是眞正的詩人。從這個意義上講，我認爲孫梓評的詩堪稱當代台灣新生代詩人作品中的上乘之作。

（本文部分摘自筆者爲孫梓評新出版詩集所作的序）

文藝青年

很多人都曾經是文藝青年，有些人一直是。

那一年夏天在台南，一個悶熱的黃昏。我在沿海的堤上抱膝獨坐，看V一個人在海邊逡巡。當暮色漸重，我橫越沙灘，只見V迎風而立，頭頂上烏雲翻滾，他卻茫然若失，渾然不知大雨將至。拍拍肩頭，他回眸一笑：「我現在覺得很high。」我一時失語——怎樣的一個文藝青年。

我有時會想，是什麼讓我在一個陌生的語境裡還可以與人對話？答案並不難找到——是因爲總還有人傳承上一個世代的語境，在其中我們緊緊抓住這個時代不放，爲自己鋪陳一個哪怕是假象但仍然可以美麗的空間。

V就是這樣的一個典型，完全的新世代，屌，酷，唯一的朋友是電腦，平時絕不說話，偶爾講一、兩句保證你也聽不明白，但是讓我驚訝的是他也有淚水。

在大雨將至的海灘，他忽然淚如雨下，以至於雙肩顫慄。過了很久之後，他平靜下來——此時已大雨滂沱，我們皆渾身濕透。他抹一把臉上的雨水：「眞的沒有什麼，只是這樣的天空，會讓我莫名感傷。」

我當然不會追問。因爲我們都是某種意義上的「文藝青年」。這樣的人，總有一種情緒無以名狀，會突如其來地 depress，不想說話也不想走動，情緒暴躁，很想有什麼事發生了可以終結當下的麻木狀態。我用「文藝青年」這個詞來歸類，恐怕沒有多少人可以認同，可是難道所有這些不都是一些只有在文藝的載體裡可以上下浮動的歲月嗎？歸根結柢，只有文字是最可以恆久的一種存在，一切都只有在文字中才有資格談得上延續：那些回憶、那些光榮與夢想，那些戰爭與死亡，如果沒有文字，根本就不會存在。而文藝，是最爲精采的文字。

V就是這樣意義上的一個文藝青年，他其實並不怎麼愛看書，對我津津樂道的一些中外作家一頭霧水；他更不寫作，與大多數七年級生一樣不讀報紙的副刊版。但他對文字卻有一種特殊的敏銳，當我讀給他聽馬奎斯的《百年孤寂》的第一段時，我可以捕捉到他被打動時內心的一陣輕顫。那種喜歡是眞誠的，他當時就到誠品去買了一本《百年孤寂》。

我想，在文字與心靈之間是有密碼的，有的人天生就具備解碼的能力，他們可能終生是文學的圈外人，但他們對文學的親近仍然超越很多「作家」。這樣的密碼構成他們心中最爲精微細緻的一部分，無論生活本身如何粗糙，他們都可以藉以挽留青春——哪怕沒有人知道。

所謂「文藝青年」，就這樣散布在各個角落，像V一樣每日匆忙奔走於大街小巷。可是，在一些特定的時刻，比如不眠之夜，比如無人的山澗，比如秋天的雨後，比如海邊，他們用內心的感覺作爲陷阱，在四周的自然中狩獵滋養生命的成分。

那個悶熱的黃昏，在台南的海邊，我目睹了V的豐收季節。

海邊的卡夫卡

寫這篇專欄的時候我一個人在舊金山的漁人碼頭，等著搭渡輪去灣區另一側的小鎮Sausalito。沒有背太多的行囊，手邊有一套剛在中國城書店買的村上春樹的《海邊的卡夫卡》。在紫石作坊網站上見到文學同好們討論這本書，所以臨時買來。翻開沒幾頁，就已經被村上春樹特有的那種氣質性語言打動，想來是因爲那種憂傷正符合我現下的處境吧。

這一次隻身到舊金山來，只是想逃避開一個熟悉的環境，讓自己可以強迫性地停下來深呼吸。這樣遍體鱗傷地跨入與波士頓完全不同的另一個世界，我像一個渴求歸宿的遊魂，懷揣一個旅人的內心祕密，我在旅館、車站、街道、博物館之間流連，卻什麼也沒有看到。那些迫我出走的記憶與映象沿途追殺，而我如同倉皇躲避的難民，惶惑中極力壓抑自己的恐懼。

在完全的陌生之地，我終於可以卸下面具，這是唯一的慰藉。

終於可以長久地發呆，精神渙散、無所事事，或是黑白顚倒地作息，也可以不再約束內心的悲傷，面容哀戚地穿行在都市的車流中，對那些好奇的、警惕的、曖昧的甚至是挑逗的目光視若無睹。終於可以因爲與周圍事物的徹底疏離而釀造出一點點幸福的味道。我強烈地感受到孤獨之必要，彷佛最基本的對他人的禮貌也會壓垮心情，寧願一個人瑟縮在旅館的床上。我發現自己追尋內心更大的痛楚，因爲那可以讓我忘掉原來的痛楚，這使我想起牙痛的經驗——我們通常會想讓牙更痛一些，以此作爲一種舒緩。原來，痛本身就可以治療痛。

也從來沒有如此清晰眞切地了解到，在完全的陌生之地，竟可以如此有效地區隔自我與自我的欲望。我曾以爲自己永遠也擺脫不掉對那麥子色皮膚的深沉迷戀，會終生想像自己依舊在清純的唇香中輾轉掙扎。然而，當我冒著細雨漫步漁人碼頭，看遠處海面上一座座巨大的遊輪如陰影一般駛過海面時，我發現自己竟可以暫時地忘卻耽於美麗的興趣，而讓心靈重歸沉寂。因爲所有那些每一想起就傷筋動骨般的往事，在陌生的環境裡自我堅持之後，也變得蒼白無力了。我們隱約知道那份震撼的曾經存在，然而以僅剩的理性已無以體會。當下的感受擋住了陽光，我們成了被黑暗寵壞的小孩。這眞是無比美好。

還是回到《海邊的卡夫卡》。我覺得自己就像是書中那個出走的少年，不過他有他的方向，我有我的方向。出走只是一個故事的框架，它眞正隱喻的是我們對命運的那種無奈的抵抗。當現實過於沉重之時，他們只有出走，而從完全的陌生之地中榨取自由。村上春樹在書中寫道：「獨自一個人在一個陌生的土地上，就像遺失了羅盤和地圖的孤獨探險家那樣，這就是自由的意思嗎？我連這個都不太懂。我不再去想這件事了。」我也不想再去想了。汽笛已鳴，船要駛往黃昏中的對岸了。

酒與文人

楊憲益先生年輕時留學牛津，以八斗高才在一九四九年後回到大陸，曾將《紅樓夢》翻譯成英文而名聲大噪。他一生嗜酒。我第一次去拜訪他的時候——十年前的事了，正値驕陽似火的下午，七十多歲的楊先生在屋中獨坐，手邊是一小杯色澤晶瑩的紅酒。

更絕的是大陸「文化大革命」時的一夜，他一瓶酒正喝到一半就被抓走了，事後他回憶說：「我當時唯一的遺憾是酒，那天晚上還沒有喝夠，還剩了大半瓶白酒還沒有喝完。」

楊先生是我見過的少數傳統意義上的文人之一。他是文學家、翻譯家，也是詩人。他重視生活中的情趣勝過作爲事業的翻譯工作，這是他嗜酒的原因。這樣的文人，渾身散發出一個「淡」字，散淡、平淡、淡泊，他們基本上是慵懶的，但思想十分精緻。與他們相處，你也許學不到什麼，但覺得很舒服，很喜歡他們。

這樣的文人現在愈來愈少了。我們有太多的教授、學者，甚至什麼「大師」，他們神情端莊，一絲不苟，奔走於思想學術的殿堂上，步履如風，神采飛揚，讓人肅然起敬。然而他們不是文人，因爲我們看到的只是知識的面龐，而沒有思想的表情。他們的憂國憂民讓我們覺得累，實際上也解決不了什麼問題。他們是某種水準的工匠，有知識，但缺少性情。

也許文人的氣質是不符合我們這個時代的，但我覺得我們這個時代還需要一些文人。要不然大家都活得太清醒了，這想起來挺可怕的。

羅大佑到周杰倫

我實在找不出理由不喜歡周杰倫。

尤其是在羅大佑公開貶損周杰倫之後。

羅大佑在大陸開演唱會，成績上有些不理想。在記者會上，當有記者觸及這一敏感話題時，他勃然大怒，訓斥了記者二十分鐘不夠，還嘲諷周杰倫說：「是不是那個演《流星・蝴蝶・劍》的？」

我很悲哀。當然不是爲了我，而是爲了羅大佑。他曾經是我心目中的文化英雄，一度讓我的少年心事可以在音樂中盡情宣洩的人，一個儼然充滿批判主流價値的色彩的人。然而今天，當他仍然只能以十幾年前的舊歌博取聽眾，當他不自覺地自詡爲主流時，他忽然呈現了文化面相的另一方面：不寬容、刻薄地面對後輩的挑戰，以及江郎才盡之後的垂死掙扎——最後一點讓我想到了張藝謀。

我悲哀，是因爲我有一張周杰倫演唱會的VCD——「The One」。我在其中看到萬頭攢動的盛大場面，不禁對羅大佑格外同情。通常，當我們對自己有清醒的認知時，我們會選擇急流勇退或自嘲式的生存方式。然而，當我們找不到自己的位置，並因此而驚慌失措時，我們才會顯得咄咄逼人、氣焰萬丈。羅大佑是上一個世代——我那個世代——的英雄，他應當把自己留在過去，這樣才可以維持一個統一的形象。現在他非得介入到他正格格不入的社會中，卻發現自己傷痕累累。

這又能怪誰呢？眞正的強者只會被自己打敗。當羅大佑用刻薄的語言作爲自己的精神慰藉的時候，他折損的是自己在他人心目中的地位。我見過太多這樣的人，他們不甘寂寞，不能忘懷自己曾幾何時的煙花一般的璀璨，他們在沉寂了很久之後終於復出，他們比別人付出更多的努力，但最後發現「往事不再」。當羅大佑說：「我一張專輯做了七年半，還沒做完。」時，我一點也感受不到對一個敬業者的欽佩，只是爲他感到悲哀。一個創作力已經枯竭的人，一個讓聽眾等七年半還等不到新作品的人，再敬業又有什麼用呢？我們需要的是音樂。再好的音樂，你拿不出來就要被淘汰。

羅大佑認爲周杰倫做的不是音樂，而是表演，這話只說對了一半。的確，周杰倫的風格中表演的成分比羅大佑的作品多得太多，問題是，現在的歌迷已不再滿足於簡單的音樂本身了，他們需要表演的成分，需要在喧譁中參與的感覺。羅大佑曾創立了一個文化品牌，那就是批判性的憤怒青年；在那個時代，社會需要憤怒，所以才不只是只有羅大佑，還有龍應台，還有施明德。而現在的時代，已經不是憤怒流行的時代，現在的時尚是「酷」。周杰倫的成功，是他生活在當下的結果。羅大佑看不起周杰倫，是因爲他的認知出現了一個盲點，他以爲他用音樂創造了一個時代；其實是時代造就了他的音樂。

從羅大佑到周杰倫，都呈現出了一個時代的文化面容。從這一點上講，我不知道羅大佑比周杰倫更成功在哪裡。

風繼續吹

——送別張國榮

「哥哥」張國榮跳樓自殺之後兩個小時，我在網上看到了第一篇報導。已經是初春時節的波士頓，四月一日這天卻下了一場雪。在窗外陰鬱的天空下，這個世界忽然變得有些陌生。很久沒有落過淚了，也一直以爲男人不應當哭泣的我，此時淚流滿面，我不會爲此羞愧，因爲相信此時此刻，絕不是只有我一個人在淚眼中爲張國榮送行。

張國榮是一個永遠生活在戲中的人。他的生活與他在藝術表演中顯現的世界已經混爲一體，他像一個長不大的男孩，以好奇心和對生活的嚮往輾轉掙扎在理想與現實的落差中。在《霸王別姬》中，他飾演的蝶衣以「不瘋魔不成活」的自白作爲抗拒墮落的盾牌，而在現實中，張國榮以震驚當世的一躍爲自己的角色做了最後一次詮釋。他用生活將自己的藝術推上巔峰，眞正地展現了一個邊緣人可以成就的事業。這讓我想起大陸詩人海子在山海關的臥軌和台灣女作家邱妙津那慘烈的自我了結。也許，所有美麗的生命都要用驚豔的方式呈現，那種美麗，恆久在鮮血的澆灌下迎風開放。

也許，離開這個世界對張國榮來說，眞的是一種解脫，在感情糾葛的海洋裡，我們本來都像一條魚，很容易被執著的餌釣住。此時，魚死網破本來就是一種合理的選擇，然而，他選擇以這種方式離開，仍然令無數人爲之心碎。

因爲多年以來，他就像一個美麗的背影，塑造了一種不必言說的妙境；或者如他自己所說，構造了一種「傳奇」。

因爲有這種傳奇，無數徬徨而寂寞的心受到鼓舞，無數孤獨的遊魂得以凝聚。他成了一種精神上的符號，展示出另一種可以使我們這個社會更爲完美的價值意義。當他在萬人矚目之下，對自己的愛人唱出〈月亮代表我的心〉時，他就已經不再屬於他自己，而成了很多人內心的倚靠，成了一種追求的象徵。

這樣一個人的離去，本來可以平淡一如午後的陽光。而張國榮卻選擇了比陽光更刺眼的亮度，我絕對不相信這出於他一時的衝動。相反地，我以爲他的縱身一躍是一個蓄謀已久的過程，與男友的爭吵，只是提供了一個時機而已。

這樣一個美麗的人生如果選擇一個無比普通的結局，那將是張國榮人生的敗筆。他早就設計好了告別世界的方式。

有的人頻頻出場尋求掌聲，有的人則選擇以最耀眼的方式謝幕，張國榮就是這樣的謝幕者。

在寫下這篇送別文字之前，我從網上 download 下了張國榮的主打歌曲〈風繼續吹〉，一遍又一遍地播放，忽然感到那歌詞彷彿是爲今天我們的心情寫下的注腳：「我看見傷心的你，你說我怎捨得別離……風繼續吹，不會別離……」

哥哥，你走好。天堂如果冷的話，記得多加一件外套。

關於黃國峻的感想

我不認識黃國峻，原本以爲這一次來台灣可以結識的，然而到了台灣沒幾天，卻聽到他自殺的消息，當時眞不知道說什麼好。上個週末，誠品敦南店舉辦了一場紀念黃國峻的座談會，我站在後排聽了一個小時，忽然有些感觸。

我看過黃國峻的《麥克風試音》，一本很棒的黑色幽默小品文的結集，也是現今台灣文壇風格較爲另類的作品。他的冷幽默在書中比比皆是，對婚姻，他說：「婚姻是愛情的憤墓，沒錯，一年才掃墓一次，而且沿途大塞車，這就是結婚週年紀念的寫照。」說男人道德：「多數男士的道德標準雖然比帝國大廈還要高，可是一旦電視播出選美大賽時，他們包準會從頂樓跳下來。」在座談會上，袁哲生還舉過一例，說黃國峻形容一個人的兇悍：「他曾經在菜市場用南瓜和茄子把一個扒手打成佛教徒。」這樣的幽默，有一點錢鍾書和老舍的影子，也有一點紐約客的風格。

對於我這樣只讀過他作品的人，從他的文字裡很難見到自殺的可能。只有對人生與生活有通達認識的人才能寫下如此洗練的幽默，而這樣的人，難道也會走投無路嗎？這讓我想到，人是複雜的生物，每一個人內心都有許多不爲人所知的部分。我們在不同的層面——集體的、社會的、家庭的——用不同面目呈現，外界也因此而拼出關於我們的組合圖像。但是，有很多東西是外界無從解讀的，我們當中，神經粗大的逐漸連自己也忘了，神經細敏的則藉此保持與自己對話的可能。黃國峻無疑屬於後者，他是我們無法透過作品認識的人，只有當他去世，我們才可能從他的作品中去找一些暗示，比如他在《麥克風試音》的自序中說：「要是我再無法歡笑的話，我一定會走上絕路。」

另一個感受，想來更加無奈。我們都知道，文字藝術的歷史上有一種荒謬的現象——往往是在人死了以後他的作品才會引人關注。想一想曹雪芹、卡夫卡和黃國峻吧。黃國峻的作品以前在文學界小圈子裡受過好評，但在書店銷售量和讀者市場並不突出。現在他的自殺成爲社會事件後，他的名字充斥大小媒體的版面，各報文學副刊競相刊登他的作品，書店爲他的書設了專櫃，相信銷售量也會有所突破，這讓我想到，到底是文字爲社會提供精神消費，還是根本上就是社會在消費自己，而文學只是一種調料？當創作與社會事件結合在一起的時候，讓我們想一想，其實思考這種東西的空間到底有多大？文字如果靠讀者和社會評價支撐，它如何維持自己的主體性？

現在，黃國峻成了一個耳熟能詳的名字，不過再過幾天，也許大部分的人就會把他淡忘了。我不認識黃國峻本人，不過從他的作品裡，我猜想他也期待著被世人遺忘。

那一片潔白的羽毛

聽到哥哥張國榮自二十四樓一躍而下的消息時，我閉上眼睛，竟想起斯匹爾伯格導演的「阿甘正傳」中那個經典鏡頭：一片潔白的羽毛從樹梢盤旋而下，緩緩飄向大地……。覺得哥哥像極了那一片潔白的羽毛，他以絕美的姿態擁抱死亡，義無反顧地回歸到了最能包容的大地。

沒有人知道哥哥在破窗而出的一瞬間心裡在想什麼，但可以肯定的是，若沒有決絕的意志和一片清澄的心境，耽於優雅的哥哥不會選擇這種殘酷的告別人生、告別所有愛他的人的方式。他一定是承受了極大的內心痛苦，在萬般無奈之下才決心用最終手段自我解脫的。我們對他心中的祕密沒有必要深加探究，只是從他的選擇本身就可以想像他的不堪承受之苦了，這份痛苦，一定深刻、龐大，否則以哥哥的聲望、地位、財富和對愛情的擁有，沒有道理抵抗不住。正是這一份可以爲外人感受到的壓力與內心之痛，讓我們對哥哥的去世充滿同情。我們悲傷的，是一個如此美麗的生命竟會這麼早地夭折。正因爲如此，當我看到大陸的《北京青年報》登出一篇評論，稱不要把「藝人的自殺」詩意化時，當我看到網路上有人居然說「一個性變態的藝人之死，有什麼好惋惜的」之時，我才會有難以按捺的憤怒，因爲沒有同情心的人也不可能有人性，這樣沒有人性的言論居然可以有發言的陣地，讓我在憤怒之餘也有悲哀：中國人到底怎麼了？

憤怒之後我終究會回復平靜，畢竟哥哥的離去，其意義遠大於個別人的卑劣。我看到電視上那一片潔白的花海，那麼多年輕的生命趨奉向前，用鮮花、用統一的黑衫白領表達對偶像的追悼。我看到哥哥有好友如梅艷芳，悲慟至無法自拔，我只有爲哥哥，爲這個世界上那些特立獨行的生命而驕傲：他們用自己的生命，譜寫了人類情感世界的傳奇；那斑斑點點的鮮血，既是控訴也是告白所有的震撼人心的舉動，都是來自一顆純潔的心。這份血色下的執著，讓我肅然起敬。

今天，我們追念哥哥，我們追念的，也是另類的美麗。

犯錯誤的自由

作爲公眾人物，最大的損失是什麼？大部分人會說是個人隱私受到公眾關注，導致生活上的不便與困擾；而我卻覺得最大的損失是被剝奪了犯錯誤的自由。

公眾人物，往往被外界用放大鏡細緻觀測。出於對他們的期待，這種觀測一般也會較爲苛刻。一般而言，公眾對公眾人物往往有過高的期待，而期待過高的副作用就是，一旦期待落空，就更難以理智接受，反過來對公眾人物的批評也會有更大的反彈。如此種種，導致公眾人物是最不能犯錯誤的人群。他們必須戒愼恐懼，小心謹愼，隨時在心理上有擔心自己出錯的壓力，這種壓力，反倒是尋常人物不必承擔的。

還不僅僅是壓力的問題。犯錯誤本身也是一種有價值的權利和寶貴的自由。

有多少人生的經驗其實都是來自錯誤，有多少人生的快意也是來自不怕犯錯而產生的心理上的放鬆。犯錯誤本來就是人生的常態。但是，當你不能再輕易犯錯誤時，人生的常態就被打破了，你生命中本來應當有的一部分，現在要硬生生地壓抑住。這樣的結果，就是精神上的無法平衡。我們看到有很多這樣的例子，說一些明星如何酗酒放浪或個性乖張，我想這多少會與他們不能像普通人那樣面對犯錯誤的可能有關。在長期的緊張狀態下，尋求特殊的刺激或麻痺手段，也許就是唯一的選擇。

我們這個社會中，公眾與公眾人物之間存在一種十分自相矛盾而又變態的關係。一方面，公眾對公眾人物寄託了太多的「移情」期待，對他們崇敬、嚮往、羡慕。另一方面卻又以公眾的期待爲名溫柔地扼殺了後者犯錯誤的自由。也許，公眾在面對公眾人物時內心也會有不平衡，而剝奪對方犯錯誤的自由就是恢復平衡的一種社會心理的調節機制吧？

文化戰爭語錄

我所居住的波士頓現在成了全美舉國矚目的焦點，以及一場席捲全國的文化戰爭的中心。一切都源於去年十一月麻州最高法院在曾任哈佛大學副校長的首席大法官Margaret Marshall的領導下，裁決應當給予同性戀者結婚權利。現在，麻州議會正在試圖通過修憲抵制高院的裁決。這場文化戰爭至二月十一日達到白熱化。這一天，數以千計支援和反對同性婚姻的民眾對峙在議會門口，向正在開會決定是否通過修憲案的議員們施加壓力。雙方陣營聲勢浩大，情緒激動，以致次日的《波士頓環球報》用頭版通欄標題稱爲「內戰！」（Civil War!）

圍繞同性婚姻的爭論是一個本欄篇幅難以承載的龐大的話題，也不是本文的重點。我倒是覺得從二月十一日當天的對峙中擷取的若干語錄，或許可作爲這場文化戰爭的吉光片羽，頗能記錄歷史中的細節，同時又引人深思。以下就是雙方陣營中相當「精采」的兩個例子。

在反對同性婚姻的隊伍中，一個中年白人男子高舉紙牌，上寫：「下一步是什麼？跟你們的寵物結婚嗎？你們這些臭同性戀和狗雜種！」當記者採訪這位激憤的勇士的時候，他拒絕透露姓名，同時宣稱，婦女不應當有選舉的權利。「她們就應當待在家裡帶孩子」，他宣布。

在支援同性婚姻的隊伍中，一位老兄的標語牌卻讓人見識到什麼是眞正的黑色幽默。他的牌子上寫著：「My Pedophile Priest Support Traditional Marriage.」這個諷刺可實在是太尖刻了，因爲反對同性婚姻最力的教會，他們的理由之一就是同性家庭對子女、兒童有不良的影響。可是教會本身近年來卻深陷不少牧師性侵犯男童卻受到教會包庇的醜聞中不能自拔，這使得他們的立場十分尷尬。這位老兄Keevin O'Toole（他願意透露自己的姓名）對記者講，他的弟弟就是教士性侵犯男童案的受害人之一。

公平地講，這樣的交鋒，雙方都太極端，太情緒化，它只能使得這場圍繞同性戀者的公民權利展開的文化戰爭激化仇恨和社會分化。與他們不同，眞正令人感動和打動人心的，是在議會發言時，民主黨黑人女議員Dianne Wilkerson的一席話。她在回顧自己作爲一個在美國南部長大的黑人女孩，成長過程中感受到的歧視與不平等，對她造成的難以磨滅的心靈創傷之後，面對在場一九八名議員和大批聽眾潸然淚下。結束講話的時候，她說：「我深深地了解被不平等地對待是多麼的痛苦，所以我不能也絕不會再將這種不平等狀態強加到任何一個其他人身上。」

這句話登在了次日所有報導當天事件的報紙上。

【附錄】

發掘王丹

蔣品超

在我與馬悅然、余光中、青霜、王丹、盛雪等友人聯合舉辦「中國新詩傑作蒐集」活動時，「中國詩社」網管曾對僅以以上人士爲評委有過執疑。他的想法，一是既然是做新詩傑作蒐集如果沒有三十歲以下的詩人爲評委，這種蒐集對中國新詩的發展是否眞具有傾向性指導意義。網管的憂心來自傳統的定向思考，認爲詩歌是銳氣與激情的產物，是屬於年輕人的事業，並舉出海子等有著一定聲譽的詩人其優秀的作品產生都在三十歲以前爲例佐證。關於這點我當時是這樣解釋的，我說，的確有些詩人在三十不到就有優秀的詩作問世，但我們之所以聘請三十歲以上的人士作評委是我們更應該相信走出了三十歲經歷的權威人士的眼光。對此，我似乎作進一步的說明：三十歲詩人可能會有某一方面思考與技巧有自己獨特的深度，但就其短暫的閱歷，對於藝術與生活的見解是不全面的，很難達到在藝術與生活跋涉已超過三十歲並卓具成就的人們。關於這點，至今我仍相信我的解釋有著說服力。

網管另外一個執疑是尖銳的，代表了很大一部分人的想法，似乎都足以說服我，那就是關於王丹。他說王丹是政治動物，對於詩歌，這屬於藝術的事情，根本難說有鑒賞力。這一點，我當時請網管，個人見解的發言請不要以網站的名義。因爲這是一個複雜的問題，一時難以說清，當時只有過少量的解釋。現在當我讀過王丹部分作品之後有一種很想進一步說明的衝動。

老實說，對王丹我不是偏愛，而是在我對王丹的閱讀中確實感到對於王丹的解讀不應該粗暴簡單，以爲涉及政治就成就不了眞正意義的詩人。的確，一場六四，把王丹推向了政治，而且使王丹在很大程度已是某種政治情事的符號，但僅以他是一種符號就認定王丹只是此符號，而不具備王丹努力中的其他方面成就，是錯誤的，或者說是一種偏見。就我個人對於詩歌藝術的體驗與了解，在我閱讀了王丹的詩歌及其他文學類的作品後，我深切感到王丹對於文學尤其詩歌的造詣極深，甚至超過很多得過所謂國際國內一些詩歌獎項的某些頗有名氣的詩人。

在這個魚目混珠的時代，踏實的努力往往被急功近利浮躁的遠離詩歌藝術本身的所謂詩歌活動造出的名聲給淹沒了！不講作品，只講活動，不講藝術成就，只講名聲大小，就像《新大陸》詩刊陳銘華對我說的，光搞寫作，不搞活動，是不會出名的。在幾年前，他就曾親自打字將我的部分作品（因爲當時我還沒有電腦，不懂打字）放在自己主持的「新浪網」「生活萬象」欄目進行推介，《世界日報》的加拿大總編徐新漢先生在看過我的作品後也曾對我說：「一盤好菜，可惜涼了！爲什麼以前不見你有什麼活動？」現在如果說對於詩歌我還能有些許發言權，在談到詩歌與政治的時候有朋友會來電或函與我談論，也應該感謝美國「動態網」揭示的google對我的封鎖事件，讓我全心對詩歌藝術的努力竟也無心成就了一次活動，讓人們了解了關於政治的思考除了一些所謂有名的詩人外還有一個潛沉著的更深入詩歌的詩人存在，讓我再以詩歌的名義言說政治，並告知人們關於政治成詩，不僅可以是藝術而且可能是超乎其他題材難度，更接近人類眞實的藝術時可以在人們心理接受上有某種「合法性」。

現在在我以認眞的態度審視王丹時，我發現對於詩歌，王丹與我有許多方向驚人的一致，最重要，他與我一樣，是一個誠實而且踏實的人，並有著自己相應的見解與深沉的虔誠。因爲他不曾以浮躁的詩歌活動以圖自己關於詩歌的所謂名聲，以致讓很多人忽略了他對詩歌的觀點與建樹，以致使長期以來受中國文藝界所謂「涉及政治就不會有好的藝術」的僞定律蒙蔽了視線的人們在提到王丹時會像我的朋友「中國詩社」網管，會不對眞實仔細考查，而憑空武斷。

王丹在給我的詩集《呼喚英雄》曾這樣寫道，如果僅僅看下面這段，你會以爲蔣品超是一個像前蘇聯熱衷培養的那種政治詩歌工作者：

共產，共產
幾十年一場大夢
共去了你們所有的財產
現在，夢醒了
你們卻只能眼巴巴
靠邊站

只能眼巴巴望著權勢者
爾虞我詐你爭我奪
商議著他們的瓜分案
眼巴巴
看著自己的血汗
流進他們的腰包
而與你們無關

——〈我的心如此難安〉

然而，蔣品超的詩歌當然不僅僅是武器，請看下面這段：

站在時間的橋上
荒涼的風
穿心而過

中國
我如此落寞
垂老之重
正以鋼刀
咄咄逼我
生命之輕
象毛羽
在向波心滑落
我多渴望
能看到那火

——〈中國，我如此落寞〉

這是一種發自內心的呼喊。我們彷佛可以看到詩人頭髮蓬亂，目光如炬，直面著自己，直面著他的祖國。這就是蔣品超的詩的特點：熱情、正義、直抒胸懷以及充斥全篇的人道主義精神。

從王丹給我的詩文集《呼喚英雄》的序言看，應該說從王丹對於人們關於我詩歌之中涉及著政治是否有損藝術的談論，存著的某種疑慮及對我涉及政治其實沒損害藝術的謹慎辯解看，顯然王丹在自己的詩歌努力過程中對於政治與藝術的關係也有過掙扎。與我不同的是王丹的掙扎沒有讓他如我一樣義無反顧，讓藝術走向政治，讓政治與藝術結合。縱觀王丹的文章，他的藝術作品與政論作品似乎涇渭分明。我不知道這是否與王丹覺察到人們的偏見而刻意迴避有關。

我看過很多文友之間相互贊許的文章寫得漂亮精采，投入很多精力營造一種童話般美麗或者英雄般壯烈的氛圍，讓人讀來很為他們精緻的文字所打動。在這點我總是特別笨拙，不會設想一個自己不曾經歷的場景與遭際。在我談論一個物件時我總是習慣讓人物存在的事實說話。譬如現在，當我談論王丹在藝術上的深刻時，我首先想到的是他在我詩集序言中給我的兩句詩：

霧氣逐漸散去
我異鄉人的身分逐漸清晰

我不知道別人看到它們會是什麼感受，我拿起它時曾想到的就是顧城的〈一代人〉：黑夜給了黑色的眼睛，我用它來尋找光明。如果說顧城的詩，有著一種沒經塵世的天眞與期待嘗試的興奮，那麼王丹的詩句則述說著一個途經者對事實的接受與清醒。顧城與王丹這裡都是兩句，顧城透出的更多的是先驗的活絡靈氣，王丹則顯示著體驗的清新沉重。在我看來顧城的〈一代人〉與其說是詩不如說更接近格言，因爲它沒有作爲一首單篇詩歌所需要的情感或情緒的流動，就像漢語中很多固定片語一樣只有思維的點，沒有詩歌作爲一種文體所需要的情感的線或面，而王丹雖然也只短短兩句，卻有明顯的情緒流動。顧城詩作中「黑夜給了黑色的眼睛」與「我用它來尋找光明」兩者之間是承接關係，語義之間彼此的引力太大，消彌了詩歌必要的情緒或情感因素，在很大程度上只是一種陳述，因而使語句失去了作爲詩句所必需的詩情。而王丹「霧氣逐漸散去」與「我異鄉人的身份逐漸清晰」兩者之間是一種轉折，語義之間需要閱讀者在思維中進行必要的起承轉合，而起承轉合的過程必然地引帶著情緒，因而使之產生著情緒情感的流動。在情緒情感的流動中這短短的兩句詩在讀者面前展現的是一幅蒼涼的畫。如果「中國詩社」的網管也如我現在看著王丹這詩句，我想他應該會收回「王丹是政治動物，對詩歌根本難說有鑒賞力」的臆斷。

再如：〈偶然想起——紀念一段短暫的過去　王丹〉

可能曾經這樣哭泣
那一盞桔紅的燈光
在殘風中掙扎如蟬
搖曳在淚水的屏風

這好像是一個冬天
難得的無奈季節

清晨門前堅冰依舊
路上的行人彼此陌生

那滿眼的故事緩緩已開
落下一院的楓葉塵土
講述者佇立在迴廊下
如一把發皺的仕女摺扇

這一切現在已經陳舊
金戈鐵馬都暗寂無聲
只剩下幾十行蚯蚓文字
三兩夜連綿的初冬寒雨
而我偶然地路過夢境
偶然想起

我這個人對詩歌鑒賞總有一種古怪的執著，不喜歡像有些人將詩歌拆散成一些隻言片語來分析。我覺得對於一個寫者是否是一個成熟的詩人，詩整體才是衡量的眞正標準。很多詩歌可能有很出采的詩句但卻沒有出采的詩篇。很多評者習慣拿某位寫者出采的詩句大肆述說該寫者如何卓絕，可是當人們拿起整篇詩歌時不免湧起一種上當感覺。王丹此詩，意象紛至遝來，卻並不紊亂，意象間的線索、張力，井然有序，不像我看到的大陸《人民文學》去年九月詩歌首獎作品〈覆蓋〉（張執浩）：

六月覆蓋五月，大街上滿是昨夜的手紙
梧桐樹在風中撩起它的百褶裙
卵石抱著青苔入眠
下過雨了，天依舊悶熱，我仍然
邁不出通向故鄉的那扇門

我停頓在過去，不停地喝白開水
這麼多的愁悶需要稀釋

我和你共用同一個日子
舊毛毯保留了去年的氣息
午夜過後我在夢中奔馳
每個夢都離不開摘棉桃的你，母親

一根針扎在地上
千萬滴雨水無立足之地
我伸出手，發現掌心是漏的
我喊你，感覺像是在呻吟

胡話說了一夜，你一句也沒有聽懂
我停頓在黎明前夕的驟雨中
看見你墳前的石頭
青草想將你回收
而你，像一把溫柔的兇器
把我的夢砍得七零八落

此詩意象龐雜，有些意象顯得孤立無援，且語勢急促，使思維感到排斥，詩歌的靈魂——詩情，慌張急躁，讓讀者思維不安。而王丹此詩一個稍有修養的讀者拿起來讀，都會感到詩情如泉水流進自己，而且徐急有致，源源不斷。我讀此詩感覺古色古香，深濃的唐詩韻味撲面而來。至於詩歌箇中滋味，聰明的讀者您可以細細比較，同樣有著諸多意象鋪排，而孰是眞情孰是爲賦新詩的矯作或者似乎不誠懇，相信人們會有感受。每一個詩人在寫自己的情感時都會希望寫出眞實，而這兩詩在處理自己情感時就顯出高下，對慈母之愛應該是深切每個人骨髓的，〈覆蓋〉就顯得不眞實，王丹〈偶然想起〉對過往的感懷則寫出了淡淡的自嘲與深沉的感傷。

我將王丹的詩作與一些有著一定聲譽的詩來作比較應該說不是爲了吹捧，而是我想澄清人們，對政治人物形成的一種定勢思維，以爲涉及政治就寫不出好的藝術作品這種長期以來中國文字獄殘害下人們被迫形成的誤會。

看得出在這方面王丹在努力企圖打破人們對他的思維定勢，爲此他不惜拋開政治所需要的強悍的一面，而進入藝術在某方面天性中注定不可缺少的脆弱。——我一直以爲藝術天性中的脆弱其實是一種深沉的剛強，它是以脆弱裹攜的剛強直指藝術言說的物件，而不是藝術傾訴的物件，它是將脆弱留給它傾訴的物件，以脆弱在喚醒傾訴物件的剛強。但有時當藝術傾訴的物件將自己的立場設定爲或者潛意識附屬在藝術言說的物件時，藝術的眞實常常被藝術傾訴的物件誤解，這極易讓眞正剛強的藝術者在以藝術詮釋現實時陷入生活現實的窘境。我不知道爲此王丹是否在某種意志或精神上付出過什麼，但閱讀王丹〈村上春樹和我的哀愁〉，我似乎感受到王丹的某種忘我與義無反顧。而在我看來對脆弱的忘我和義無反顧就是在進入藝術的一種本質。這一點是太難做到的！它需要藝術者對自己的深切自知及對藝術的眞實而非虛假的潛質。儘管我對大陸詩人海子曾有過許多批判，但如果海子眞如我猜測的，他的死是出自一種境界，那麼我對他的臥軌是肯定的。但我還是一直以爲眞正的境界應該是活，在活中體味藝術所需要的死。而從海子的許多作品看，海子在其對於藝術達到某種程度後對自己藝術的出路似乎是迷惘的，找不到出路。我有時想可能就是這種難於走出的迷惘與不堪忍受的孤獨讓海子選擇了死。如果是這樣，海子的死其實只是一種解脫，而難稱是一種爲藝術的境界。

王丹在〈村上春樹和我的哀愁〉一文中對於脆弱的思考，在我看來就是在接近藝術本質的思考：

「我想一個相對來說比較堅強的人，並不一定就會快樂。因爲堅強其實經常是挫折後的一種收穫，一種無奈的收穫。因爲當我們無可奈何，無力挽回，無法掙扎的時候，所有的希望就只有靠堅強承擔。這時的堅強，其實就是哀愁。除了堅強之外，我們別無選擇。於是堅強，就成了一個失敗者的成就，一種朋大偉碩的弱小，一道灰色的彩虹。堅強背後，其實就是哀愁，這樣的哀愁，又有多少人願意面對呢？更不用說表述出來了。」

高行健在《靈山》中也有過這種生死的體悟，我不知道對於接近藝術本質的事物是我淺薄，還是高行健晦澀，我在對此的領悟中儘管艱難但似乎清晰一些。王丹在對此的感知中是以這樣一段話來釋放自己關於這一問題的思考的：

「世界上總有一些無以言喻的情緒穿越時空與文化，穿越語言與色彩，穿越——甚至——愛與哀愁的吧？」

我想到高行健說，當人處於絕境時，唯一可指望的就是奇蹟。王丹的釋放，有些接近我所認爲的高行健的晦澀。而我是一個總希望在混沌之中找出清晰的人，我在辯駁大陸詩人韓東〈有關大雁塔〉一詩對文化的闡釋時曾在〈黃鶴樓——致大雁塔的寫作者們〉一詩中有過這樣的思考：

極頂的生命是君
生命的極頂是神

崔顥望不到鄉關
崔顥望到了生命的極頂
哀情激越／心懷慘烈
崔顥羽化爲黃鶴
攜著勉力扇動的翅翼
黃鶴悽愴悲鳴
羽然飄飄
在時空中穿越
時空中
人們看到
崔顥是那個極頂的生命
崔顥是君

我們是臣
崔顥是神
我們是人

我認爲崔顥的之所以爲後世人們記起，就因爲他的脆弱達到了他脆弱的極致，在直指藝術言說的物件即趨向永恆的意義上顯示了藝術的剛強。關於這一點是我應該與王丹探討的。

關於王丹在政治之外對藝術深究所擁有的成就是我們應該發掘的，這是我寫此文的原因。

2005/3/24洛杉磯

蔣品超文學簡介：

一九八九年六月，中國華中師範大學漢語言文學系畢業，曾任校學生會宣傳部長，七月分配至武漢大學新聞系執教，同年因在校期間參與組織湖北地區六四學生運動被捕入獄四年，剝奪政治權利兩年，於此期間開始文學寫作。一九九七年進入美國《中國時報》工作。二〇〇一年十一月，進入中國網絡詩歌論壇，掀起轟轟烈烈的詩歌決戰，被網絡詩人們稱之爲「靈肉之爭」。隨之此一爭論演變爲一場自北島之後的又一次詩歌思潮，人們稱之爲「民生思潮」。現爲美國《中國日報》、《台灣時報》編輯。

智慧田系列——強烈的生命凝視，靜默的生命書寫，深深感動你的心！

028最美麗的時候 ◎劉克襄 定價220元

《最美麗的時候》爲劉克襄十年來之精心結集。隨著詩和畫我們彷彿也翻越了山巔、渡過河川，一同和詩人飛翔在天空，泅泳在溫暖的海域，生命裡的豐饒與眷戀。

029無愛紀 ◎黃碧雲 定價250元

本書收錄黃碧雲最新兩個中篇小說〈無愛紀〉與〈七月流火〉以及榮獲花蹤文學獎作品〈桃花紅〉，難得一見的炫麗文字，書寫感情生命的定靜狂暴。

030在語言的天空下 ◎南方朔 定價250元

南方朔語言之書第四冊，將語言拆除、重建，尋找埋在語言文字墳塚裡即將消失的意義。

031活得像一句廢話 ◎張惠菁 定價160元

如果你想要當上五分鐘的主角；如果你貪婪得想要雙份的陽光；你想知道超級方便的孝順方法；你想要大聲說這個遜那個炫；你想和時間耍賴……請看這本書。

032空間流 ◎張 讓 定價180元

在理性的洞察之中，滲透著漸離漸遠的時光之味，在冷靜的書寫，深刻反思我們身居所在的記憶與情感。

033過去——關於時間流逝的故事 ◎鍾文音 定價250元

《過去》短篇小說集收錄鍾文音1998至2001兩年半之間的創作。作者輕吐靈魂眠夢的細絲，織就了荒蕪、孤獨、寂寞與死亡，解放我們內心深處的風風雨雨。

034給自己一首詩 ◎南方朔 定價250元

《給自己一首詩》爲〈文訊〉雜誌公布十大最受歡迎的專欄之一，透過南方朔豐富的讀詩筆記，在字裡行間的解讀中，詩成爲心靈的玫瑰花床，讓我們遺忘痛楚，帶來更多光明。

035西張東望 ◎雷 驤 定價200元

雷驤深具風格的圖文作品，集結近年創作之精華，一時發生的瞬間，在他溫柔張望的紀錄裡，有了非同凡響的感動演出。

036共生虫 ◎村上龍 定價220元

《共生虫》獲得谷崎潤一郎文學賞，這本描繪黑暗自閉的生命世界，作者再一次預言社會現象，可是這一回不同的是我們看見對抗僞劣環境的同時，也產生了面對未來的勇氣。

037血卡門 ◎黃碧雲 定價250元

黃碧雲2002年代表作《血卡門》，是所有生與毀滅，溫柔與眼淚，疼痛與失去的步步存在。
本書獲聯合報讀書人好書金榜

038暖調子 ◎愛 亞 定價200元

愛亞的《暖調子》如同喚起記憶之河的魔法師，一站一站風塵僕僕，讓我們游回暈黃的童年時光，原來啊舊去的一直沒有消失，正等著你大駕光臨。

039急凍的瞬間 ◎張 讓 定價220元

張讓散步日常空間的散文書《急凍的瞬間》，眼界寬廣，文字觸摸我們行走的四面八方，信手拈來篇篇書寫就像一座斑駁的古牆，層層敲剝之後，天馬行空也有發現自我的驚奇。

040永遠的橄欖樹 ◎鍾文音 定價250元

行跡遍及五大洲，橫越燈火輝煌的榮華，也深入凋零帝國，然而天南地北的人身移動有時竟也只是天涯咫尺，任何人最終要面對的還是如何找到自己存在的熱情。

041語言是我們的希望 ◎南方朔 定價260元

語言之書第五冊，南方朔再一次以除舊布新之姿，爲我們察覺與沉澱在語言文化的歷史與人性。

智慧田系列── 強烈的生命凝視，靜默的生命書寫，深深感動你的心！

042希望之國 ◎村上龍　定價300元

村上龍花了三年時間，深入採訪日本經濟、教育、金融等現況，在保守傾向的《文藝春秋》連載，引發許多爭議，時代群體的閉塞感在村上龍的筆下有了不一樣的出口。

043煙火旅館 ◎許正平　定價220元

年輕一輩最才華洋溢的創作者許正平，第一本散文作品，深獲各大報主編極力推薦。二十年前台灣散文收穫簡媜，而今散文界最大收穫當屬許正平，看散文必看佳品。

044情詩與哀歌 ◎李宗榮　定價220元

療傷系詩人李宗榮，第一本情詩創作，收錄過去得獎的詩作與散文詩作品，美學大師蔣勳專序推薦，陳文茜深情站台，台灣最具潛力的年輕詩人，聶魯達最鍾愛的譯者，不可不讀。

045詩戀記 ◎南方朔　定價250元

從詠歎愛情到期許生命成長，從素人詩到童謠，從貓狗之詩到飢餓之詩，從戰爭之詩到移民之詩，詩扮演著豐富生活的領航者。在這個愈來愈忙碌的時代，愈來愈冷漠的人我關係，詩將成為呼喚人生趣味的小火種，點燃它，請一起和南方朔悠遊詩領域！

046在河左岸 ◎鍾文音　定價250元

這座島上，河流分割了土地的左岸與右岸，分別了生命的貧賤與富貴，區隔了職業的藍領與白領，沉重混濁的河面倒映著女人的寂寞堤岸，男人的欲望城邦。一部流動著輕與重，生與死，悲與歡的生活紀錄片，人人咬牙堅韌面對現世，無非為了找尋心中那一處沒有地址的家。

047飛馬的翅膀 ◎張　讓　定價180元

是生活明信片，提供我們與現在和未來的對話框，抒情與告白，喟嘆與遊戲，家常和抽象思索，由不解、義憤到感慨出發，張讓實在而透明的經驗切片，都是即興演出卻精采無比。

048蛇樣年華 ◎楊美紅　定價200元

在濃重緩慢的書法勾勒中，一再反覆記起離家母親的種種氣味。在願望和遺憾的時光裡，浮世夫妻暗暗幻想掠奪彼此的眼與耳。八篇生命的殘件與愛情的殘本，楊美紅書寫建構出人間之悲傷美學，有血有肉的小人物世界，小悲小喜的心中卻有大宇宙。

049在梵谷的星空下沉思 ◎王　丹　定價220元

王丹的文字裡散發了閃亮的見識，他年輕生命無法抵抗沉思的誘惑，一次又一次以非常抒情的筆觸，向過去汲取養分，向未來誠心出發。

050五分後的世界 ◎村上龍　定價250元

一場魔幻樂音不可思議帶來人性的暴動，一次錯綜複雜的行走闖入五分鐘後的世界，作者不諱言這是「截至目前為止的所有作品中，最好的一本……」長期以來被視為小說創作的掌舵者，再次質問現實世界與人我關係的豐富傑作！

051後殖民誌 ◎黃碧雲　定價250元

《後殖民誌》說共產主義、現代主義、女性主義、稱霸的國際人權主義……《後殖民誌》無視時間，不是所謂殖民之後，不是西方的，也不是東方的。《後殖民誌》是一種混雜的語言，它重寫、對比、抄襲，在世紀之初以不中不西、複雜狡黠的形式出現。

052和閱讀跳探戈 ◎張　讓　定價200元

這本歷時一年的讀書筆記，攬括近幾十年來所出版各具特色，不可不讀的好書，每一本書透過她在字裡行間的激烈相問，或緬懷或仰慕或譴責，是書癡的你和年輕朋友們一本映照知識的豐富之書。

智慧田系列—— 強烈的生命凝視，靜默的生命書寫，深深感動你的心！

053讓我們一起軟弱 ◎郭品潔 定價200元

美國文壇最重要的文化評論者與作家蘇珊・桑塔格，在《疾病的隱喻》一書中說：遲早我們每個人都會成爲疾病王國的公民……本書便是來自那「再也無法痊癒歸來之王國」，最慷慨的呼籲與請求——讓我們一起軟弱。

054語言之鑰 ◎南方朔 定價380元

南方朔多年來沉醉的語言研究，在語言被歪曲的烽火之地，《語言之鑰》依然對我們生命的居所發出璀璨明亮光芒，讓我們得以在本書中找到閉鎖心靈的入口。

055愛別離 ◎鍾文音 定價380元

鍾文音歷時五年的長篇小說《愛別離》，五個移動者的生命祭文，直逼情慾燃燒的臨界點，堪稱愛情史詩的大感傷之作。

056到處存在的場所 到處不存在的我 ◎村上龍 定價220元

村上龍八個短篇小說刻劃各個人物特有的希望，那不是社會的希望，也不是別人可以共同擁有，是只屬於自己，不可思議的，可以「自我實現」的希望。

057沉默・暗啞・微小 ◎黃碧雲 定價250元

無法相信，就必然來到這個沉默空間的進口。我永遠不知道他想給我說什麼。那暗啞的呼喊永遠只是呼喊。在黑暗裡我可以聽。聽到所有角落發生的，微小事情。三個中篇故事呈現黃碧雲獨特的小說空間。寫和舞。

058當世界越老越年輕 ◎張 讓 定價200元

小鳥和豆芽，閱讀和旅行，戰事和文明，美感和死亡，張讓的文字，向外傳送到無盡時空，向內傳送到感情深處，這裡篇篇是她的驚奇，可能也是你的驚奇。

059美麗的苦痛（Nina札記生活壹） ◎鍾文音 定價320元

「儀式是記憶的秩序與形式的再現，儀式是一雙生活的眼睛，凝視了我們所最在意的角落，於心靈，於物質。」鍾文音創作新系列，第一本以「我的儀式」爲主題札記，從成長年少、愛情、文學到死亡的各種儀式，鍾文音用文字和攝影和圖畫，記錄生活與記憶的儀式。

060我不喜歡溫柔（因為溫柔排除了激情的可能） ◎陳玉慧 定價200元

移居歐洲多年的她用銳利準確的眼觀察，書寫你我熟悉卻又陌生的藝文／歷史人物，這本書的散文已從抒情時代走入紀事時代，文章仍如過去行雲流水，優美，但卻揭露表象後許多事實，只有她可以承載那樣的人生情境；極簡，卻讓人目瞪口呆。

061悲傷動物 莫妮卡・瑪儂◎著 鄭納無◎譯 定價220元

德國《明鏡週刊》書評特別推薦，是近年來最美的愛情小說之一……是一本深具感染力，高度情感的小說……旅德知名作家陳玉慧專文推薦，《悲傷動物》是一則世紀愛情懷念曲，有關兩德之間的愛戀情深，莫妮卡在九六年間春蠶吐絲，把她親身經歷的故事寫成長篇，吐成一則完美無缺的繭。

062感性之門 ◎南方朔 定價250元

透過南方朔大師的《感性之門》將打開你的五感神經，找到美的初階。南方朔將經典名詩中英對照，讓感性原味保存，你不但讀詩，更增加閱讀的鑑賞力和求知慾，歡迎進入南方朔的《感性之門》！

063 69 ◎村上龍著 張致斌譯 定價250元

這一本從頭到尾都很愉快的小說，因爲村上龍說：「不能夠快樂過日子是一種罪」。人生，何時可以這麼充滿矛盾與理想地活一次？《69》寫出了一個青春的答案。

064遠方未完成 ◎郭昱沂 定價200元

聯合報文學獎短篇小說獎評審推薦，南方朔、張大春第一次評審意見相同的小說得獎作品，最値得期待的文壇新人郭昱沂第一本短篇小說集。

你如何購買大田出版的書？

這裡提供你幾種購書方式，讓你更方便擁有知識的入口。

一、書店購買方式：

你可以直接到全省的連鎖書店或地方書店購買，

而當你在書店找不到我們的書時，請大膽地向店員詢問！

二、信用卡訂閱方式：

你也可以填妥「信用卡訂購單」傳真到 04-23597123

（信用卡訂購單索取專線 04-23595819 轉 232）

三、郵政劃撥方式：

戶名：知己圖書股份有限公司　　帳號：15060393

通訊欄上請填妥叢書編號、書名、定價、總金額。

四、通信購書方式：

填妥訂購人的資料，連同支票一起寄台中市 407 工業 30 路 1 號知己圖書股份有限公司收。

五、購書折扣優惠：

購買單本九折，五本以上八五折，十本以上八折優待，若需要掛號請付掛號費 30 元。

（我們將在接到訂購單後立即處理，你可以在一星期之內收到書。）

六、購書詢問：

非常感謝你對大田出版社的支持，如果有任何購書上的疑問請你直接打

服務專線 04-23595819 或傳真 04-23597123 ，以及 Email:itmt@ms55.hinet.net

我們將有專人為你提供完善的服務。

大田出版天天陪你一起讀好書！

歡迎光臨大田網站 http://www.titan3.com.tw ，

可以獲得最新最熱門的新書資訊及作者最新的動態，如果有任何意見，

歡迎寫信與我們聯絡 titan3@ms22.hinet.net 。

歡迎光臨納尼亞魔法王國中文官方網站 http://www.titan3.com.tw/narnia

朵朵小語官方網站 http://www.titan3.com.tw/flower

歡迎進入 http://epaper.pchome.com.tw

打入你喜愛的作者名：吳淡如、朵朵、紅膠囊、新井一二三、南方朔，就可以看到他們最新發表的電子報

國家圖書館出版品預行編目資料

我聽見雨聲／王丹著.－－初版.－－臺北市：大田出版；知己總經銷，民94
面；　公分.－－(智慧田；067)
ISBN 957-455-877-0-(平裝)

855　　94009713

智慧田 067

我聽見雨聲
作者：王丹
發行人：吳怡芬
出版者：大田出版有限公司
台北市106羅斯福路二段95號4樓之3
E-mail:titan3@ms22.hinet.net
http://www.titan3.com.tw
編輯部專線（02）23696315
傳真（02）23691275
【如果您對本書或本出版公司有任何意見，歡迎來電】
行政院新聞局版台業字第397號
法律顧問：甘龍強律師

總編輯：莊培園
主編：蔡鳳儀
企劃統籌：胡弘一
校對：陳佩伶／耿立予／余素維
製作印刷：知文企業（股）公司．(04)23595819-120
初版：2005年（民94）7月30日
定價：新台幣 200 元

總經銷：知己圖書股份有限公司
（台北公司）台北市106羅斯福路二段95號4樓之3
電話：(02)23672044．23672047．傳真：(02)23635741
郵政劃撥：15060393
（台中公司）台中市407工業30路1號
電話：(04)23595819．傳真：(04)23595493

國際書碼：ISBN 957-455-877-0 /CIP: 855 / 94009713
Printed in Taiwan
版權所有．翻印必究
如有破損或裝訂錯誤，請寄回本公司更換

廣告回郵
北區郵政管理局登
記證北台字1764號
免貼郵票

大田出版有限公司　編輯部收

地址：台北市106羅斯福路二段95號4樓之3

電話：（02）23696315-6　傳真：（02）23691275

E-mail：titan3@ms22.hinet.net

＊請沿虛線剪下，對摺裝訂寄回，謝謝！

地址：……………………………………………

姓名：……………………………………………

TITAN
大田出版

智　慧　與　美　麗　的　許　諾　之　地

＊請沿虛線剪下，對摺裝訂寄回，謝謝！

閱讀是享樂的原貌，閱讀是隨時隨地可以展開的精神冒險。

因為你發現了這本書，所以你閱讀了。我們相信你，肯定有許多想法、感受！

讀者回函

你可能是各種年齡、各種職業、各種學校、各種收入的代表，
這些社會身分雖然不重要，但是，我們希望在下一本書中也能找到你。

名字／＿＿＿＿＿＿＿＿ **性別／**□女 □男　**出生／**＿＿＿年＿＿＿月＿＿＿日

教育程度／＿＿＿＿＿＿＿＿＿＿＿＿

職業：□ 學生　□ 教師　□ 內勤職員　□ 家庭主婦
□ SOHO族　□ 企業主管　□ 服務業　□ 製造業
□ 醫藥護理　□ 軍警　□ 資訊業　□ 銷售業務
□ 其他＿＿＿＿＿＿＿＿＿＿

E-mail/＿＿＿＿＿＿＿＿＿＿＿＿＿＿＿＿＿＿ 電話/＿＿＿＿＿＿＿＿＿＿

聯絡地址：＿＿＿＿＿＿＿＿＿＿＿＿＿＿＿＿＿＿＿＿＿＿＿＿＿＿

你如何發現這本書的？　**書名：我聽見雨聲**

□書店閒逛時＿＿＿＿＿書店 □不小心翻到報紙廣告（哪一份報？）＿＿＿＿＿＿
□朋友的男朋友（女朋友）灑狗血推薦 □聽到DJ在介紹＿＿＿＿＿＿＿＿＿＿
□其他各種可能性，是編輯沒想到的＿＿＿＿＿＿＿＿＿＿＿＿＿＿＿＿＿＿

你或許常常愛上新的咖啡廣告、新的偶像明星、新的衣服、新的香水……
但是，你怎麼愛上一本新書的？

□我覺得還滿便宜的啦！ □我被內容感動 □我對本書作者的作品有蒐集癖
□我最喜歡有贈品的書 □老實講「貴出版社」的整體包裝還滿 High 的 □以上皆非 □可能還有其他說法，請告訴我們你的說法

＿＿＿＿＿＿＿＿＿＿＿＿＿＿＿＿＿＿＿＿＿＿＿＿＿＿＿＿＿＿＿＿＿＿

你一定有不同凡響的閱讀嗜好，請告訴我們：

□ 哲學　□ 心理學　□ 宗教　□ 自然生態　□ 流行趨勢　□ 醫療保健
□ 財經企管　□ 史地　□ 傳記　□ 文學　□ 散文　□ 原住民
□ 小說　□ 親子叢書　□ 休閒旅遊□ 其他＿＿＿＿＿＿＿＿＿＿

一切的對談，都希望能夠彼此了解，否則溝通便無意義。
當然，如果你不把意見寄回來，我們也沒「轍」！
但是，都已經這樣掏心掏肺了，你還在猶豫什麼呢？
請說出對本書的其他意見：

大田出版有限公司編輯部 感謝您！